うぐいす浄土逗留記

峰守ひろかず

富士見L文庫

《目次》

むかーしむかし……ではなく、今のこと。

東京《とうきょう》という大きな大きな街に、一人の内気な娘がおった。

その娘は、大学というところに通うため、田舎にある家を出て、寮という場所で暮らしておった。生まれつき気が小さい上、背丈も子供のように小さかったので、いろいろと苦労することも多かったが、娘は熱心に勉強しておった。

しかし、ある秋の日のことじゃ。

ふと気が付くと、娘は、見たこともない場所にぽつんと立っておった。

伊緒《いお》という名のその娘は、たいそう驚いてしまったそうな。

第一話

隠れ里の客人《まろうど》

「え。え。えっ？　こ……ここ……どこ……？」

戸惑う声を漏らしながら、綿良瀬伊緒《わたらせいお》はおろおろとあたりを見回した。

足下に伸びている細い道は未舗装で、雑草がまばらに生えている。道の先はゆるやかにカーブしながら古びた長い塀の陰へと消え、道の左右には草木がこんもりと繁《しげ》っていた。

もう日暮れ時なのだろう、あたり一面はオレンジ色に染まり、道の上には伊緒の影が長く長く伸びている。振り返ってみると、道は深い森に通じていて、その森の奥にそびえる山の際には太陽が既に半分ほど隠れていた。

ねぐらへ帰る鳥の声がどこからか響いていたが、見渡す限り人の気配はまるでなく、アスファルトや金属やプラスチックのような近代的なものも何一つない。まるで時代劇映画か昔話のような、のどかで、それでいてうら寂しい光景に、伊緒はしばしぽかんと見入り、ややあって、ついさっきと同じ台詞《せりふ》を繰り返した。

「……ここ、どこ……？」

震える伊緒の声が再度響いたが、答える者は誰もいない。鳥の声の他に聞こえる音と言えば、草むらの中から響く虫の声くらいのものである。見覚えもなければ足を運んだ覚えもない風景のただ中で、伊緒は青ざめ、困惑した。

「私、どうしてこんなところに……？」

もしかして、事故か何かで、記憶が途切れたり欠落したりしてしまっているのだろうか。

不安になった伊緒は胸に手を当て、自分のことを思い出してみた。

綿良瀬伊緒。M県出身、宮本《みやもと》女子大学人間文化学科二年生。大学寮の部屋は三十四号室で、趣味は読書と古書店巡り、好きな場所は図書館で……。

「……うん、大丈夫」

とりあえずスムーズに思い出せたことに伊緒は安堵《あんど》し、胸を撫《な》で下《お》ろすついでに自分の体を見下ろした。身長百四十五センチの年齢の割に小柄な体に纏《まと》っているのは、ゆったりめの深緑のニットとベージュのロングスカート。そろそろ切ろうと思っていたもっさりした長髪も、足下の地味なローファーも、記憶通りでいつも通りの格好で……。

「あれ。バッグは……？」

自問とともに伊緒の顔が青ざめる。外出時はいつも提げているはずのバッグがないということは、スマホもタブレット端末も財布も読みかけの文庫本もないということであり、それはつまり、連絡や身分証明の手段が一切ないということだ。念のため服のポケットも漁《あさ》ってみたが、ヘアゴムが一本入っていただけだった。今の自分は文字通り、「着の身着のまま」というやつらしい。どうして手ぶらで出たのかと考えてみても、そもそも寮を出たのかどうかすらはっきり思い出せない有様《ありさま》だった。

「ど、どうしてこんな……？　え、ええと……」

助けを乞うようにおろおろと四方を見回してみたが、依然人の気配はない。焦りと不安がいっそう募る中、伊緒は道の前後、長い塀と深い森とを数度見比べ、ややあって、自分が最初に向いていた方、すなわち、塀の方向へと歩き出した。

何が何だかさっぱりだし、こっちに行けば何があるのかも知らないが、だからと言って、このままここで立ち尽くすのも、夜が近づいているのに一人で森に入るのも、賢い振る舞いとは思えない。消去法で選んだ道をとぼとぼと歩きながら、伊緒は「どうかこの先で納得のいく説明が聞けますように」と祈り、同時に「まるで昔話みたい」とも思った。

平凡な――場合によってはそうでないこともあるが――主人公が、ひょんなことから不思議な場所に迷い込んだり行き着いたりしてしまうというのは、古今東西の民話によくあるパターンだ。日本の昔話だと、「おむすびころりん」こと「鼠浄土《ねずみ》」の鼠の国、「浦島太郎」の竜宮城などがあるけれど、あれらは賑《にぎ》やかで華やかな場所だから、今の状況とは違う気もする。こんな風に、ひと気のないところに来る話となると……。

「……って、今はそんなことを考えている場合ではないでしょ」

脇道に逸《そ》れかけた思考を引き戻し、伊緒は自分で自分を戒めた。

そもそも、いい年をして「まるで昔話」もないだろう。もっとまじめに焦りなさい。呑《のん》気《き》な上に子供っぽい自分に伊緒は赤面し、ふと、亡くなった祖母のことを思い出した。

テンパりやすい一方で、余計なことをつい考えてしまうという伊緒のこの性格は、確実に祖母から受け継いだものである。ついでに言えば昔話が好きなのも同じくだ。

穏やかで優しい性格だった祖母は、民話や昔話が好きで、幼い伊緒に色々な物語を読み聞かせてくれた。おかげで伊緒もその手の話が好きになり、祖母が亡くなった後も図書館に通い詰めて色々読み漁り……結果、良く言えば読書家、悪く言えばコミュ障気味でオタクな陰キャラへと成長してしまったのであった。

とりあえず家族の記憶は残っていることに安心しつつ進んでいくと、ゆるやかなカーブの先で長い壁の一部が崩れ、ぽっかりと口を開けていた。自然に崩れたのか、あるいは人為的に崩されたのか、門のように開いたその穴の奥へと道はさらに伸びている。

おそるおそる穴を越えてみれば、道沿いに大きな梅の木が一本そびえており、その奥に、土壁の大きな屋敷《やしき》が一軒、横たわるように建っていた。

「へえ……」

歩調を緩め、伊緒は建物をしげしげと見上げた。

二階建てで瓦屋根の、重厚な印象を与える、横に長い屋敷である。相当古いものなのだろう、元々は真っ白だったのであろう土壁は茶色くくすんでしまっており、下の方は苔《こけ》に覆われている。小さな窓はいずれも木製の格子窓で、ガラスは使われていなかった。

そのまま壁に沿って少し進むとようやく玄関が現れる。表札や門柱はなく、ただ黒く大きな板戸がはめ込まれているだけだったが、装飾のないシンプルな作りには名のある古刹か歴史のある温泉旅館のような堂々たる風格が備わっていた。写真を撮りたくなったがスマホがない。少し残念に思いながら、伊緒はあたりを見回した。

「どうしようかな……」

人家らしい建物に行き合えたのはありがたい。ありがたいのだけど、出来ればもう少し声を掛けやすいところ、具体的には商店や交番などがあればなおさらありがたい……と伊緒は思った。

だがあいにく、周りには眼前のお屋敷の他に建物はなく、人影もない。もっと先へ進めば何かあるかもしれないが、道の周りは林のようになっていて見通しが悪いのでなんとも言えないし、人が通りかかる気配もなく、街灯の類も見当たらず、太陽は今にも山に沈みつつある。仕方ないかと伊緒は腹をくくった。自他共に認める人見知りだが、物怖《ものお》じしている場合ではない。姿勢を正し、目の前の引き戸に向かって口を開く。

「す、すみません！　どなたかいらっしゃいませんか？」

小柄な見た目に似合って子供っぽい高い声が玄関先に響いたが、反応はなかった。声が中まで届いていないのかも、と思ったので、板戸に手を掛けると、戸は簡単に開いた。鍵が掛かっていないということは、中に住人がいる可能性は高い。少しだけ伊緒は安堵した。

「し、失礼します……。すみません、どなたかいらっしゃいませんか……？」

呼びかけを続けながら、中をそっと覗《のぞ》き込む。戸内に人の気配はなく、土を硬く押し固めた小さな土間に、下駄《げた》と草履が一足ずつ並んでいるだけだった。誰か住んではいるのだろう。呼びかけを繰り返したまま、伊緒は恐る恐る土間に足を踏み入れ、薄暗く古めかしい空間を見回した。

土間の脇にはかまどがあり、その上には変色したお札を掲げた小さな神棚が鎮座していた。土間から一段高い位置に設けられた八畳ほどの板の間には、木枠で囲まれた立派な囲炉裏。火の気のない囲炉裏の上の天井からはフックの付いたロープと茶釜が垂れ下がり、囲炉裏の周囲には、藁《わら》を渦巻き状に編んだ座布団サイズの敷物《しきもの》――円座――が並んでいる。その奥には建物の中に通じる板戸が立ち、壁際には古びた火鉢が一つ。

建物の外見同様に……いや、それ以上に昔話じみたその空間には、電灯も電化製品もコンセントも見当たらず、そのことが伊緒を一層戸惑わせた。

一体全体ここはどういう場所で、なぜ自分はこんなところにいるのだろう？　誘拐されて時代劇のセットに放置された？　それとも、自発的にここまで足を運んでその上で記憶を失った？　でも、そんなことってあるだろうか……？　眉根を寄せつつ、伊緒は声を張り上げた。

「あ──あの、すみません！　お邪魔します！　誰かいませんか？」

不安感に満ちた呼びかけの声が、古びた囲炉裏端に、さらには建物の奥へと反響していくが、反応はない。やはり誰もいないのか……と肩を落とす伊緒だったが、その時、板戸の奥から声が返ってきた。

「──はあい？」

低いがよく通るその声は、どうやら若い男性のものだ。それを聞くなり伊緒ははっと反応した。誰かいる！

「あの、いきなりすみません！　私は──」

「えっ？　なんです？　よく聞こえなくて……。すぐ参りますから、そこでお待ちいただけますか？」

伊緒の問いかけに申し訳なさそうな声が返ってくる。言われた通り伊緒がおとなしく待っていると、落ち着いた足音が建物の奥から近づき、やがて板戸がゆっくりと開いた。

「すみません、お待たせいたしました。奥にいたもので、気付くのが遅れてしまいまして……。何かご用でしょうか？」

謙虚で耳通りのいい穏やかな声が囲炉裏端に響く。板戸の向こうから現れたのは、痩身で長髪で細面の、儚《はかな》げな印象を与える和装の若者であった。

見たところの年齢は伊緒と同じくらいで二十歳前後。地味な灰色の着流しに濃紺の帯を締めており、足下は裸足《はだし》である。百八十センチ近い長身は全体的に肉付きが薄く、鎖骨が浮いて見えていた。

二の腕を隠すほどに長く伸びたストレートの髪は薄く水色がかった白色で、肌もまた色素を抜いたかのように白い。ほっそりとした顔立ちは整っているが、なで肩な体形に猫背気味な姿勢、白い髪や肌、困ったような下がり眉のおかげで、どこか儚げに見えた。

建物同様、時代劇か昔話の世界から抜け出てきたような出《い》で立《た》ちのその若者は、土間に立つ伊緒を見ると、おやおや、と言いたげに目を丸くした。若者の瞳は池か沼のような深い青緑色で、カラーコンタクトを入れているのだろうか、と伊緒は思った。

「これはこれは……。この里ではお目にかかったことのない方とお見受けしますが、いかがなさいましたか？」

「はい、実は私――あっ、その、勝手に入ってしまってすみません！」

「お気遣いなく。それで、僕に何かご用でしょうか。それともこの屋敷の誰かに？」

「え？　あ、いえ、特にこのお宅の方に用事というわけでもないんですが……その、私、道に迷ってしまったみたいで……」

正確に言うと「気が付いたら手ぶらですぐそこに立ってたんです」なのだが、それはあまりに突飛かつ不自然だ。無難な形に言い換えながら、伊緒は、ますます昔話になってきたな、と内心でつぶやいた。

日暮れ時に若い女性が「道に迷った者ですが……」と訪ねてくるのは、「鶴の恩返し」や「雪女」など、昔話のイントロでよくあるパターンだ。もっとも、ああいう話は、すらっとしたミステリアスな美人がやってくるから絵になるのであって、私のように小さくて地味なのが来たところで……。

そんなことをつい考えてしまう自分に伊緒は呆《あき》れ、同時に困った。助けてほしい気持ちはあるのだが、何をどう聞けばいいのやら分からないのだ。ええと、と言ったきり黙り込んでしまった伊緒を前に、若者は軽く首を傾《かし》げたが、ややあって囲炉裏端に視線をやり、優しい笑みを伊緒に向けて言った。

「お疲れでしょう。ひとまずお上がりください」

囲炉裏端に上がった伊緒が円座に腰を下ろすと、若者は手慣れた様子で囲炉裏に薪をくべて湯を沸かし、鉄瓶で茶を淹《い》れてくれた。

差し出されたほうじ茶は、伊緒の知っている味に比べると少し苦かったが、その素朴な味わいは、湯飲み越しに手に伝わる熱と相まって伊緒を落ち着かせてくれた。ふう、と安堵の息を吐くと、伊緒の斜め向かいに座った若者が頭を掻《か》いた。

「若い娘さんが来られたのに、お茶だけで申し訳ありません。お茶請けでもあれば良いのですが、僕は甘いものを余り食べないもので……」

「いえ、そんな……。お茶、美味《おい》しいです。ありがとうございます」

慌てて答えながら、おじいちゃんみたいな気遣いをする人だな、と伊緒は思った。自分が幼い頃に亡くなった祖父はかなり厳格だったらしいのだが、世間一般で言うところの「おじいちゃん」はこういう気の回し方をする印象があるし、目の前の若者は物腰もどことなく老成して見える。「おかげで少し落ち着けました」と伊緒が続けると、若者は照れくさそうに微笑《ほほえ》んだ。

「それは良かった。それで……道に迷われたとのことでしたが」

「そ、そうなんです。その……変な質問ですが、ここはどこなんでしょう？」

ほうじ茶が半分残った湯飲みを持ったまま、伊緒がためらいながら問いかける。そのストレートな質問に、縁の少し欠けた茶碗《ちゃわん》を手にしていた若者は軽く首を傾げ、部屋の四方や天井を見回した。

「ここでしたら、『十二座敷《ざしき》』と呼ばれておりますが」

「じゅうにざしき……？」

「ええ。全部で十二の座敷があることがその名の由来だそうです」

「へえ……。って、あ、いや、そういうことではなくて……私、建物の名前を聞きたいんじゃないんです。その……絶対信じていただけないと思うんですけど……私、いつ、どうしてこの場所に来たのか、分からないんです。ついさっき、気が付いたら、すぐそこの道の上に立っていて……」

神妙な顔になる若者を前に、伊緒は自分の境遇を話した。若者は、伊緒の使う言葉のいくつかが――具体的には「スマホ」「Ｗｉ－ｆｉ」などが――ぴんと来ていないようだったが、それでも真摯に耳を傾け、一通りを聞き終えると深い共感を示してくれた。

「それは大変でしたね……！　さぞ困惑されたことでしょう」

「え、ええ……。そうなんです。こんなこと初めてで」

「でしたら、とりあえず今夜は泊まっていかれるといいでしょう」

「ありがとうございます……え。と、泊まる？」

若者の穏やかな申し出を、伊緒は思わず繰り返していた。

「道に迷った者でございます。今夜一晩の宿をお貸しいただきたく……」という、物語の冒頭でよく聞くあのフレーズが脳裏をよぎる。いっそう民話っぽいパターンになってきたが、面白がってはいられない。なぜいきなり泊まる話になるんですかと戸惑う伊緒の前で、若者は落ち着かせるようにうなずき、続けた。

「幸い、ここは宿屋ですので、空いている部屋はいくつもございます。うるさい主《あるじ》はおりませんし、宿代も要りませんので、気兼ねなく泊まっていただけますよ」

「それで経営大丈夫なんですか……？　あ、いや、そういうことではなくて……私、自分の家に――寮に帰りたいだけなので、電話をお借りできればいいんですが……。このあたり、バスとかタクシーはありませんか？　ここから自宅まで……せめて、近くの街まで移動したいんです」

「それは無理ですよ。僕の知る限り、この里に出入りすることは基本的にできませんし、外と連絡する手段もありませんから」

きっぱりとした明言が囲炉裏端に響く。明快な断言に伊緒はぽかんと言葉を失い、数秒後、我に返って反論した。何を言い出すんだ、この人は？

「か、からかわないでください……！　できませんしありませんって――そんなこと、あるわけないでしょう？」

「そう言われましても、隠れ里というのは古来そういうものですから」

「……『隠れ里』？」

若者がさらりと口にしたフレーズを、伊緒は思わず繰り返していた。

隠れ里。いくつもの民話や伝説に語られる、現実世界とは別のところに位置する別天地の名称だ。多くの場合、桃源郷や理想郷のような居心地のいい場所として語られるが、昔、祖母が語ってくれた物語の中に、それと知らずに妖怪のものを盗んでしまった男が隠れ里に連れていかれて戻れなくなる話があり、ひどく怖かったことを伊緒は思い出した。

「隠れ里って、昔話や民話に出てくる、あの隠れ里ですか？　お話の中だと、深い山の奥や不思議な洞窟を抜けた先にある、あの……？」

「お詳しいのですね」

「え？　え、ええ……。私、元々そういう話が好きで、大学でもそんな講義ばかり取っているもので……。両親や友人には、潰しが効かないぞ、将来のことを考えろってよく言われるんですが――って、私のことより、ここのことです！　本当に隠れ里だと……？」

「そうですが」

訝《いぶか》る伊緒に若者は素直に首肯し、「まさか、ご存じなかったのですか？」と首を傾げた。

ご存じなかったです。伊緒は無言で首を縦に振り、そして眉根を寄せて考えた。

前近代的な家屋の様子も、浮世離れしたこの若者も、確かに隠れ里らしくはある。あるけれど、だからと言って、そうなんですねーと信じるわけにはいかないし、信じることもできなかった。いくらなんでも非現実的すぎる。筋の通る説明が何か必ずあるはずだ。たとえば……考えたくはないけれど、この人を含めた大勢が私を騙《だま》そうとしている、とか？

そんなことをして何のメリットがあるのか、全く思いつかないけれど……。

湯飲みを握り締めて伊緒は思考を巡らせたが、納得のいく答が浮かぶ気配はまるでない。深刻な顔で黙りこくった伊緒を若者はしばらく心配そうに眺めていたが、ふいに背筋を正し、おずおずと口を開いた。

「確かに、あちら——現世の方から来られたばかりの方には、にわかには信じがたいお話だとは思います。なので、ひとまず、ここが隠れ里かどうか、というのは一旦置いておくとして……そもそもあなたは、どうしてここへ来られたのです？」

「えっ？　で、ですから、それが分からないんです……！　いつの間にか道の上に立っていただけで……。記憶が混乱しているみたいで」

「なるほど。では、覚えていることは何ですか？　無関係な事柄であっても、語っているうちに何かを思い出すこともあるでしょう。たとえば、あなたのお名前は？」

袂《たもと》に手を突っ込んで腕を組んだ若者が微笑し、あくまで穏やかに問いかける。笑い慣れていない人なのか、囲炉裏から立ち上る薄い煙の向こうに見える微笑みはどこかぎこちなかったが、パニックになっている訪問者を案じ、落ち着かせようとしていることは見て取れて、それが少しだけ伊緒を安心させてくれた。少なくとも相手を騙そうとしているようには見えない。

「そっか。私、まだ名乗ってもいませんでしたね……。綿良瀬伊緒と言います」

呆れた伊緒が自身の名を口にする。と、それを聞いた若者は、短く息を呑《の》んだ。

「わたらせ――？」

「えっ？　は、はい……。綿飴《わたあめ》の綿に善良の良、瀬戸内海の瀬で『綿良瀬』です。下の名前は、伊勢《いせ》の伊とへその緒の緒で『伊緒』……。綿良瀬の名前、ご存じなんですか？」

「……いえ」

若者が首を左右に振る。そのリアクションに伊緒はふと小さな違和感を覚えたが、それを口にするより先に、若者が「そうそう」と声を発した。

「こちらも申し遅れました。僕は、七郎《しちろう》と申します」

「七郎さん……ですか」

伊緒が問い返すと、若者――七郎はこくりとうなずいた。苗字《みょうじ》を名乗らないのは、そもそも姓がないからだろうか。そんなことを考えながら、伊緒はここに来る前の自分のことを、思い起こせる範囲で語った。

寮から大学に通っていたこと。そろそろ髪を切りたいと思っていたこと。季節は秋で、日付が変わるまでレポートに取り組んでいたこと……。七郎と話したおかげか、先ほどよりも記憶は鮮明になりつつある。

「そう、確か、今日は十月の二十日で……あっ」

「どうされました伊緒殿？」

「い、『いおどの』……？　あっ、私のことですね」

「無論です。それより、どうされたのです？　何か大事なことを思い出されたとか」

「い、いえ、全然……。ただ……今日、私、二十歳の誕生日だったな……って」

うつむいた伊緒がぼそりと告げる。ほんとどうでもいい情報ですみません、と伊緒は小声で言い足したが、七郎ははっと息を吸った後、感じ入ったような声を出した。

「そ、それはそれは……！　確か、今のあちらでは、二十歳で成人するはず。となると伊緒殿は、めでたく成人されたということですか」

「え？　え、ええ……。そうなります、一応」

「おめでとうございます。実を言うと、伊緒殿はもっとお若いのかと思っておりました」

「よく言われます……。小さくて子供っぽいもので……。すみません」

「謝ることではありませんでしょう。しかし、そんなおめでたい日にこんなところに来てしまったとは、何かの巡り合わせにしても、なんとも災難でしたね……。せめて何かお祝いができれば良いのですが、さりとて……」

そう言って七郎は頭を掻き、困った様子であたりを見回した。

「祝い品の支度があるわけもなし、赤飯や餅の用意もありませんし……。お酒でも飲まれますか？」

「はい？　い、いえいえ、お気遣いなく」

「そうですか？　ならばせめて、笛でも吹きましょうか」

「笛？」

「ええ。素人の手なぐさみですが、にぎやかしにはなりましょう。ご成人のおめでたい日に、何の祝いもないのはさすがに寂しいでしょうし」

「いえ、ほんと、大丈夫ですので……！　初対面の方にお祝いしてもらうなんて」

酒だか笛だかを取りに行こうとする七郎を、伊緒が恐縮して制止する。七郎は重ねて反論しようとしたが、伊緒の困り顔を見ると「そうですか」と腰を下ろした。ほっと胸を撫《な》で下《お》ろす伊緒。自称隠れ里の住人だけあって変わった人ではあるようだが、その言動からは素朴で控えめな善良さが滲《にじ》み出《で》ている。ここが隠れ里というのはまだ信じられないが、出会った相手が七郎だったことは幸運なのかな、と伊緒は思った。

「それで、七郎……さん……？」

相手に合わせて殿付けに直すべきかとも思ったが、伊緒は無難にさん付けで呼び続けることにした。「はい」と応じる七郎に向かって伊緒は続ける。

「泊って行けばいいと言ってくださいましたけど……私、やっぱり帰りたいんです。大学のこともありますし」

「うーん。お気持ちは分かりますが、やっぱり無理だと思いますよ」

「で、ですけど……そう、私が気が付いた時立っていた道は、ここと山とに繫《つな》がっていたんです。たとえば、あの山を越えたら」

「いや、そういうことではないのです。僕も詳しくはないですが、人が隠れ里から出るためには、なぜそこに来たのか……招かれた理由がかかわってくるとか」

「『招かれた理由』……？」

「そ。ご褒美なのか、それとも罰か、ってね」

七郎に問い返す伊緒だったが、それに応じたのは第三者の声だった。カラッとした若々しいその声に伊緒が振り返ると、土間に一人の少年が立っていた。

いかにも元気で快活そうな顔立ちで、年の頃は十二、三歳ほど、背丈は伊緒と同じくらい。裾の短い緑の小袖に紅色の半纏《はんてん》を重ね、大きな笠《かさ》を首の後ろに着けており、なぜか酒と白粉《おしろい》の濃厚な香りを漂わせている。引き締まった細身の体軀《たいく》と大きな笠の取り合わせは笠の開いた茸《きのこ》を思わせたが、それにしてもいきなり出てきたこの子は誰……？

伊緒が首を傾げている間に、少年は後ろ手で板戸を閉め、下駄《げた》を土間に脱ぎ捨てて土間に飛び上がった。日に焼けた顔が伊緒に近づき、大きな両目が伊緒をじろじろと無遠慮に眺めまわす。

「見ねえ顔だな。誰、この野暮ったいガキ？」

「野暮ったいガキ!? や、野暮ったいのは否定しませんけど……」

「しねえのかよ」

「自覚はしてますから……。でも、ガキじゃありません。私はこれでも二十歳です」

「はたちィ？ 嘘《うそ》だあ！ 今日び、十四、五でももっと育ってるって話だぜ？」

少年が大きな声で嘲笑する。初対面、しかも年上相手とは思えない無礼な態度に、伊緒は思わず眉根を寄せた。溜息《ためいき》交じりに口を挟んだのは七郎である。

「やめなさい、トボシ。客人に向かって失礼な。伊緒殿が困っておられるでしょう」

「へいへい。七郎の兄貴はお優しいことで。要領悪い癖にくそ真面目なんだから」

「トボシ」と呼ばれた少年が肩をすくめ、笠を脱いで柱の釘《くぎ》に引っ掛ける。「お二人はお知り合いなんですか」と伊緒が尋ねると、まあね、と少年――トボシがうなずいた。

「おいらはトボシ。こっちの兄貴同様、この宿屋に間借りしてるんだ。兄貴が里に来た時からの付き合いだけど、おいらのほうが古株だからね。そこんとこ間違えないように。で？　伊緒ってのが姉ちゃんの名前かい？」

「はい。綿良瀬伊緒です。それで、ええと、トボシ君？　さっきの『ご褒美か罰か』って、どういう……？」

自己紹介もそこそこに伊緒が話題を元に戻す。こんな若い子もいるのは驚きだったし、トボシの素性も気になるが、今は気を逸《そ》らしている場合ではない。問われたトボシは立ったまま「そのまんまの意味だよ」と切り返した。

「あっちの人間がこういうところに招かれる理由のうち、まず一つ目は、良《い》いことをした褒美。『舌切り雀《すずめ》』って知ってるかい？」

「え、ええ……。可愛《かわい》がっていた雀がおばあさんに舌を切られて逃げてしまって、おじいさんがそれを探しに行くんですよね？」

「そ。あの話の中で爺《じい》さんが辿《たど》り着《つ》いた雀のお宿、あれも一種の隠れ里だよね。弱い生き物を労《いたわ》り、気遣った褒美として、爺さんは招かれたってわけ。こういう場合なら、帰り方を探さなくても一通り饗応《きょうおう》されて気が済んだら帰れるよ」

「なるほど……。でも私、別に動物を助けたりした覚えはないんですけど……」

「だったらもう一つの理由だよね。罰だよ、罰」

はっきりと言い切り、トボシは伊緒を見おろして笑った。窓から差し込む西日に照らされたその笑顔は、元気そうな少年のものにもかかわらずどこか異質かつ冷酷で、伊緒の背筋がぞくっと冷えた。トボシはにたにた笑いながら続ける。

「お姉さん、『脂《あぶら》絞り屋敷《やしき》』って昔話は知ってる？」

「『脂絞り屋敷』？　ええと……確か、ろくに仕事をしない怠け者が、贅沢《ぜいたく》で肥え太った人間から油を絞り取るお屋敷に誘い込まれる話……？」

「ほー。若いのによく知ってるじゃん。後は『纐纈《こうけつ》城』なんかもあるよね。布を真っ赤に染めるため、人の血を搾る不思議なお城……。こういうのが罰としての隠れ里だよ。悪いことをした人間にはこういう報いが待っている、これぞ因果応報である、それを教えて戒めるための隠れ里。褒美じゃないならこっちじゃない？」

「そ、そんな……！　私、罰を受けるようなことなんて何も――」

「罰される連中はみんなそう言うんだよねえ。こっちの場合だと、待ってても送り返してもらえるわけじゃないから、自力で逃げ道を探すしかない。あ、そうそう、後は、泊めてくれた家にいたのは実は化け物だったのだ、って話もあるよね。鬼婆《おにばば》とか大蛇とか蜘蛛《くも》とかがさ、馬鹿な人間を上手《うま》く誘い込んで騙して食べて……」

「いい加減にしなさい、トボシ」

にやつくトボシの語りを、七郎の厳しい声が遮った。青緑色の双眸《そうぼう》に睨《にら》まれ、トボシが即座に押し黙る。その様子を確認した後、七郎は伊緒に向き直り、深々と頭を下げた。

「トボシが脅かすようなことを言ってしまい申し訳ございません」

「え。じゃ、じゃあ、私、罰されるわけでは……ない……？」

「おそらくは。招かれた理由が分からない以上、断言はできませんが……ですが、僕の見る限り、伊緒殿は罰を受けるべき悪人や怠け者には見えません。お心当たりもないのであれば、安心かと思われます」

確約はできないようだったが、謙虚で誠実なその励ましは、根拠もないのに大丈夫と言い切られるよりは信頼できた。伊緒はとりあえず胸を撫で下ろし、直後、困惑した顔を上げた。

「隠れ里に呼ばれる理由が褒美か罰の二択っていうのは、確かに、その通りだとは思います。大学の講義でもそんな話は聞きましたし……。でも私、どちらの理由にも心当たりがないんです。そもそも、ここが隠れ里だという話だって、まだ信じられなくて……」

「信じられなくてって言われても知らねえよ。じゃ、お休み」

「は、はい。お休みなさい……え？」

「『え』って何さ。あのね、おいらには別にあんたと一緒に悩んでやる筋合いはないの。飯は食ってきたから腹いっぱいだし、眠いし、そんじゃ」

そう言うとトボシはひらひらと手を振り、屋敷の奥へ通じる板戸の向こうへ消えてしまった。会話を切り上げられた伊緒は、後ろ姿をぽかんと見送った後、正座したままの七郎に顔を向けた。すがるような視線を向けられ、白髪の若者がやるせなさそうに頭を振る。

「申し訳ありません。トボシはああいう性格なもので……。僕は、伊緒殿のお力になって差し上げたいとは思うのですが、いかんせんそんなに詳しくないもので」

「そ、そうなんですね……」

「面目ありません。それに、帰り道を探るにしても、もう日が落ちる頃合いですし……やはり、今夜はひとまず泊まっていかれてはいかがですか？　先ほどもお伝えしましたが、ここは宿屋です。ここには僕とトボシしかいませんから、空き部屋はいくつもありますし、不意のお客を迎え入れる支度も整っています。不自由はされないかと……いや、あちらとは生活の様式が違いますから、不自由しないとは言い切れないですが、とりあえず休むことはできますし……」

七郎が言葉を選びながら説得を重ねる。その口ぶりから伝わる人柄は、「優しいが要領は悪くて真面目」という、先ほどトボシが評した通りのものだった。格子窓の外の空は、既に暗い紫色へと変わりつつある。普段ならまだまだ全然活動できる時間帯だけれど、土地勘もなく、ひと気も外灯もない場所を暗くなってから一人で出歩くのはさすがに避けるべきだろうし……。ひとしきり思案した後、伊緒は七郎へと向き直り、あの、と抑えた声で切り出した。

「でしたら……一晩だけ、お邪魔してもいいですか……?」

「どうぞどうぞ。そうされるのが賢明というものです」

伊緒の申し出を聞くなり七郎はうなずいた。説得が通じてほっとしたのだろう、朴訥《ぼくとつ》な笑みを浮かべた若者は「僕がどうぞと言うのもおかしな話ですけれどね。僕も間借りしている身ですから」と言い足し、頭を掻《か》いた。

その後、七郎は薄暗い廊下を通り、一階の奥にある部屋へと伊緒を案内してくれた。

ひなびた和風旅館を思わせる、床の間付きの八畳間である。水差しと湯飲みが乗った小さな机に座布団が一つ、小さな障子窓の下に小さな戸棚と行燈《あんどん》があるだけの質素な部屋で、当然ながら電源や電気製品はなかったが、落ち着いた雰囲気はありがたかった。

秋口の季節がコンセプトなのか、床の間に飾られた掛け軸に描かれているのは実った稲穂に留まった赤とんぼで、その前には彼岸花を生けた花瓶が一つ置かれていた。

七郎は手慣れた様子で行燈に火を灯《とも》した上で、戸棚に櫛《くし》や鏡など身の回りのものがあり、押し入れには布団や夜具が入っていること、トイレや水場は廊下の突き当たりを出た先にあることなどを説明し、伊緒に向き直って左側の壁を指さした。

「僕の部屋は隣の隣ですので、何かあれば声を掛けてください」

「ありがとうございます、七郎さん。何から何まで」

「困った時はお互い様と言いますからね。食事とお風呂はどうされます？」

「すみません。ちょっと今、食欲がなくて……。お風呂もとりあえず大丈夫です」

伊緒が答えると七郎は少し不安そうな顔になったが、分かりました、と応じ、戸を閉めて立ち去った。一人取り残された伊緒がぺたりと座布団に腰を下ろす。

「ふう…………………」

それはもう長い溜息が、小さな座敷《ざしき》に響き渡る。

そのまましばらく、伊緒は何もせずにじっとしていた。

そう広くもない部屋で、しかも空調も換気扇もないはずなのに、不思議なことに室温は適温に保たれており、息苦しさやほこりっぽさは全く感じなかった。もう日が落ちたのだろう、障子窓から差し込む光はなく、使い込まれた行燈が、時折、じじっと燈心《とうしん》を焦がす音を立てながら、あたりを丸くささやかに照らしている。

現代人である伊緒にとって電灯ではない灯《あか》りは新鮮だ。やはり電灯と比べると光量が全然違うようで、行燈の光は部屋の隅までは届いていない。伊緒は部屋の四方の暗がりを見回し、その時になって、頭と体がかなり重たいことに気が付いた。自覚していなかった疲れがどっと出てきたようだ。

「……って、それも当然だよね……」

平凡な大学生が不思議な場所に迷い込み、そこで出会った若者が言うには、ここは昔話に語られる隠れ里。改めて文章にしてみると現状のありえなさがよく分かる。まるで亜流の異世界転生小説だ。こんなシチュエーションにいきなり放り込まれたら誰だって困って弱るだろうし、元々メンタルもフィジカルも強くない伊緒の場合はなおさらだが——だが、疲れに身を任せるわけにはいかない。布団を出して倒れ込もうと訴える本能に抗《あらが》い、伊緒は黙って考えた。

七郎さんは悪い人ではなさそうだけど、でも、ここが隠れ里だという話はやっぱり信じられないし、戻る方法もなければ連絡手段もないというのは理解しがたい。完全に閉鎖された場所ならともかく、あの道は外部に——山に繋《つな》がっていたわけだし。

「……やっぱり、もう一度話を聞いてみよう」

自分を促すように声を発し、伊緒は腰を上げた。七郎は帰る方法は知らないと言っていたが、切り口を変えてみれば……たとえば、彼らがどこから来た何者なのか、本当に帰れた前例はないのかなどを確かめれば、見えてくるものもあるかもしれない。

そう考えた伊緒は、戸を引き開けて廊下に足を踏み出した。鍵も掛けていなかったことに伊緒はこの時ようやく気付き、少し呆《あき》れた。

板張りの廊下はおそろしく暗かったが、一旦部屋に戻って、行燈の蠟燭《ろうそく》を棚の中にあった手燭《てしょく》に移して持ってくると、とりあえず数メートル四方は見えるようになった。

「確か、隣の隣の部屋と言っていたから……」

七郎の言葉を思い出しながら暗い廊下を静かに進む。どうやらこの屋敷は相当広く、しかも入り組んだ構造になっているようで、廊下の突き当たりはまるで見えない。部屋と部屋の間が異様に離れているのも奇妙だった。

和風建築って、普通、部屋同士が隣り合っているものなのに……。

田舎の実家を思い起こして首を傾《かし》げながら、伊緒はそろそろと廊下を歩き、やがて隣の部屋の前まで辿り着いた。伊緒の部屋と同じ作りの襖の隙間からは淡い光が漏れており、長押《なげし》には「霜月」と書かれた札が打ち付けられている。

七郎の苗字《みょうじ》か、それとも部屋の名前だろうか。旅館によくある「なんとかの間」みたいな。だとしたら自分の部屋にも名前があった？

そんなことを思いつつ呼びかけようとした、その時だった。

僅かに開いた隙間の向こうで、何かが、ずるり、と動いた。

白く太く長い何かが、明らかに人ではないものが、伊緒の目の高さを横切ったのである。

瞬間、伊緒の息がはっと止まる。

……何、今の。七郎さんの部屋に何かいるの？

戸惑う声が胸中で響く中、伊緒はとっさに手燭を背中に回して隠し、静かに襖の隙間に目を近づけ、そして再び絶句した。

「……っ！」

部屋の中を泳いでいたのは――水もないのにその表現はおかしいのだけれど、飛んでいるというよりも泳いでいるように見えたのだと伊緒は自分で自分に断った――一匹の巨大な白蛇であった。

胴回りの太さは電柱か抱き枕ほどで、長さは少なくとも五メートルはある。体を覆う鱗《うろこ》は銀が退色したような乾いた白で、大きく裂けた口からは先が割れた赤い舌と尖《とが》った牙とが覗《のぞ》いており、瞼《まぶた》のない両目は深い沼のような青緑色。

長い体をほぐすように、閉ざされた座敷の中でうねうねと泳ぐ大蛇。その異様な光景に伊緒は硬直した。固唾を飲んで見守っていると、蛇はぺたりと座敷に降りてとぐろを巻き……そして、その姿を和装の青年へと変えた。

物憂げな細面に長い白髪、痩身に纏《まと》っているのは灰色の着流しと濃紺の帯。元の姿に戻った七郎は、軽く肩をほぐし、開け放たれていた窓を閉める。その一連の出来事に——七郎にもう一つの姿があったことに——伊緒は心底驚き、同時に、「蛇婿入り」と呼ばれる昔話のことを思い出した。

若者の姿に化けた大蛇が目を付けた娘を娶《めと》ろうとするこの話は、動物や精霊と人との婚姻を扱った物語、いわゆる異類婚姻譚《たん》の中でもひときわ古く、類例も多い。若者に化ける蛇の目的は、娘に蛇の子供を産ませることとされる場合がほとんどだが、食べようとしていたのだ、という話もあったはずだ。

ちなみに、人と蛇の婚姻を語った話には、妻の方が蛇である「蛇女房」という物語群も存在しており、こちらの蛇は善良である。人間との間に生まれた子供を育てるため、母たる蛇は片目を犠牲にして……って、そんな余談は今はどうでもいいでしょう！

脇に逸《そ》れかけた思考を伊緒は無理矢理引き戻した。今大事なのは、七郎は人ではなかったということと、それを自分に隠していたということだ。

——後は、泊めてくれた家にいたのは実は化け物だったのだ、って話もあるよね。鬼婆とか大蛇とか蜘蛛とかがさ、馬鹿な人間を上手く誘い込んで騙して食べて……。

トボシの脅すような言葉がふっと脳裏に蘇《よみがえ》る。あの発言はもしかして警告だったのだろうかと伊緒は気付いた。だったらつまり、と、伊緒の胸中に自問の声が響く。

つまり彼は、七郎さんに気を付けろ、早く逃げろと促してくれていた……？

いや、トボシ君も信用できないよ？　彼だって人間じゃないのかもしれないし。

でも、信頼しかけていた相手が巨大な蛇だということは間違いないよね？　信じられないけど、ここが、人間ではない……民話や伝承に語られるようなものたちだけが暮らす世界だとしたら、どう？　そういう話だと、人ではないものが親切な人のふりをして来訪者を騙して襲うことはよくあるわけでしょう？

……確かに。

でしょう。だったら早く逃げないと！

あ、でも、七郎さんはここからは出られないって言ってなかった？

それも嘘《うそ》かもしれないよ。少なくとも、ここに来た時立っていたあの道は、山の中へと続いていたし、あの山はそう高くはなかったし……。

夜の山は危険じゃない？

とりあえずここにいるのはもっと危険じゃない？

……それは確かに。

胸の内での自問自答を終えるなり、伊緒はできるかぎり静かに、かつ、できるかぎり素早く、その場を立ち去った。とにかく、今は急いでここから逃げないと……！

＊＊＊

……あの時、急いで逃げるんじゃなかった。

屋敷《やしき》を飛び出した数時間後の山中にて、伊緒はひどく後悔していた。

部屋から持ち出した手燭の蠟燭は今にも消えそうで心細く、ひどい悪路で足は痛い。おまけに四方からは夜行性の動物などが発する声や音が聞こえてくるので、まるで気が休まらなかった。

木を揺らす音に羽ばたく音、草を踏み分ける音、石や砂利をばらまく音、転がる音に倒れる音、甲高い鳴き声に野太い唸《うな》り声、それに呼応する別の声……。

夜の山がこれほど賑《にぎ》やかで、夜の闇がこれほど濃密で、そこに気配が満ちていることを伊緒はこの歳《とし》になって初めて知り、同時に、自分が山を舐《な》めていたことを痛感していた。

とりあえず山を越えるつもりだったのだが、高低差が激しく見通しも悪いため、自分が今どのあたりにいて、どこに向かって歩いているのかすら分からない。崖や急斜面に行き当たって道を戻ったことも何度かあったが、その度に、さっき通ったはずの光景が記憶と食い違っているような気がして不安が募った。さらには——。

「きゃっ！」

ふいに伊緒の口から短い悲鳴が漏れた。左手の袖口を、斜め後ろから誰かが摘んで引いたのだ。伊緒は反射的に手燭をそちらに向けたが、そこには茸《きのこ》の生えた倒木が転がっているだけで、人影も袖に引っかかりそうな枝もなかった。

また、と伊緒は内心でつぶやいた。ここではこういう異常なことが平気で起こることを、伊緒は身を以《もっ》て知りつつあった。見えないものに袖を引かれる以外にも、足下にふわりとしたものが巻き付いて歩行を妨害したり、見えない壁が立ちふさがったり……。

「『袖引き小僧』に『あしまがり』、それに『ぬりかべ』……？」

民俗学の講義で得た知識を思い起こし、怪異で不思議な現象——妖怪の名前をつぶやいてみる。妖怪についての知識がこんなところで役に立つとは思わなかったが、名前が分かったところで安心できるはずもない。

しかもこの山、不可思議な現象が起こるだけでなく、怪しい存在もいるらしい。実際、ついさっき、焚火《たきび》が見えたので人かと思って近づいてみたら、火を前にして一人で酒を飲んでいるその男の頭に大きな角が生えていたりもした。どこをどう見ても人間ではなく、怯《おび》えた伊緒が慌てて逃げ出したのは言うまでもない。幸い、怪人は伊緒には気付かなかったようで、今のところ追ってくる気配はなかった。

「山の中でお酒を飲む異形のものとなると……『瘤《こぶ》取り爺《じじい》』の鬼かな……？」

独《ひと》り言《ご》ちながら首を傾げる。焚火をしていた怪人は物静かな雰囲気で、いわゆる鬼とはイメージが違ったが、この話のほぼ最古の事例である「宇治拾遺物語」では「目一つあるものあり、口なき者など、大方いかにも言ふべきにあらぬ者ども、百人ばかりひしめき集《たか》りて」と描写されていたはずだし、バージョンによっては夜半の宴《うたげ》に興じているのは鬼ではなく天狗《てんぐ》だったりもするので、ステレオタイプな鬼でなくとも納得はいく。

「にしても、山中の酒盛って、もっと賑やかで、人数も多いものと思っていたけど……」

しめやかでしんみりとした空気感を思い起こしながら伊緒は眉根を寄せ、直後、呆れた。今はどう考えてもそんなことを気にしている場合ではない。

今気にすべきは、ここはどうやら間違いなく昔話や民話の世界であり、しかも幾つもの話や伝承が混ざり合って存在しているらしい、という事実である。

伊緒の知る限り、蛇婿入りの話に袖引き小僧やぬりかべは出ないし、山中で火を焚《た》き酒を飲む鬼は隠れ里とは無関係のはずだ。本来は別の話に登場するはずの存在がここでは併存してしまっているわけで、それはつまり、次に何が出てくるか全く予測が付かないということだ。えらいことである。

なぜそんなことになっているのか、そもそも想像の産物のはずの存在がどうして実体を持っているのかはさっぱりだけれど、危険なことは確実だ。一刻も早く山から出たいが、一旦屋敷に戻るにしても、もはや道が分からない。

「……逃げ出すんじゃなかった……」

弱々しい声が夜更けの森に寂しく響く。引っ込み思案で臆病な癖に、慌てると勢い任せで動いてしまう。私の悪い癖の一つだな、と伊緒は思い、私には直したいところばっかりだな、とも伊緒は思った。心細さはどんどん募り、伊緒はいつしか人の気配を求めていた。

「誰か、道を知ってる人……。せめて一緒に歩いてくれるだけでもいいから……」

願望を漏らしながら、どこへ通じているとも分からない山道をふらふらと歩く。そうしてしばらく歩いた頃、ふと、蠟燭の小さな灯《あか》りの中に、一つの人影が現れた。

「えっ」

「おやおや。めんこい娘っ子だこって」

驚く伊緒に気さくな声とともに歩み寄ってきたのは、擦り切れた着物姿の、腰の曲がった白髪の老婆であった。背丈は伊緒より少し上。太い枝を杖《つえ》代わりにしており、深い皺《しわ》の刻まれた顔に人懐っこい笑みを浮かべている。

「こんな夜中にこんな場所で、道にでも迷いなさっただか？」

「え？　え、ええ……」

「山を越えなさるなら、この婆《ばば》と一緒に行きなさるか」

「え——あっ、はい……！　ありがとうございます……」

言葉が通じる人間に出会えたありがたみに、伊緒は反射的に頭を下げていた。老婆が「大仰な娘っ子だ」と笑い、すたすたと歩き出す。伊緒はそのまま老婆に並んだが、少し進んだあたりで、胸中にざわっと不安が湧いた。

……このお婆《ばあ》さんこそ、こんな夜中にこんな場所で何をしていたんだろう？

ここが昔話や伝承の混ざり合ったような世界であるとして、そんな世界で、夜の山に現れる老婆と言ったら何がいる……？

「ところで娘さんよ。お前さん、牛っこも馬っこも連れておらんなあ」

「牛？　馬？　はい、見ての通り……」

「魚も積んでおらんよなあ」

「魚、ですか？　ええ、手ぶらですから……」

老婆の不可解な質問にとりあえず応じたその一瞬後、伊緒の背筋に悪寒が走った。

「牛方と山姥《やまんば》」だ。心の中で声が響く。

「牛方と山姥」という昔話は、地方によっては「馬方と山姥」として伝わっているところもあるが、大筋はほとんど変わらない。牛か馬に魚を積んで山を越えようとした男の前に山姥が——山に住まう老婆の姿の人食い妖怪が——現れ、魚を一匹食っていいか、と持ち掛けるのだ。一匹くらいならと男が許してやると、山姥は「もう一匹」「もう一匹だけ」とせびり続けて結局荷物を全部食ってしまい、それを背負っていた牛をも要求する。牛をあっという間に平らげた山姥は、一人残った男を見て「次はお前」と宣言し——。

そこまでを思い出した伊緒の隣で、老婆がふいに舌なめずりをした。普通サイズだったはずの口が耳元まで裂け、肉食獣のように尖《とが》った歯がぎらりと光る。

「牛も馬も魚もねえんなら仕方ねえなあ。お前さんを食——」

「いやあああああああああああああっ！」

老婆——山姥が言い切るより早く、伊緒はその体を突き飛ばしていた。うおっ、と獣じみた短い声が響き、意表を突かれた老婆が山の斜面を転がり落ちていく。伊緒は安堵《あんど》し、もしかして山姥じゃなかったらどうしよう、と不安にもなったが、すぐに坂の下の暗がりから獣のような老婆の声が轟《とどろ》いた。

「山姥を突き飛ばすとは、度胸のある娘っ子だなあ……！　逃がさねえだぞ、必ず骨まで食ってやるだあ……！」

老人とは思えないその叫びに続き、草むらの中をがさがさと何かが迫ってくる音が響く。伊緒は一瞬だけその場に立ちすくみ、次の瞬間、転げるように逃げ出した。

追いつかれませんように。それだけを祈りながら伊緒は走った。

いつの間にか風圧で消えた手燭《てしょく》を汗ばんだ手で握り締めながら、いつの間にか踵《かかと》の欠けたローファーで真っ暗な山道を走ること十数分、もしくは数十分。ふいに、伊緒は、どん、と何かに激突した。

「きゃっ？」

木の陰から細身で白い何かが出てきた、と思った時にはもう遅かった。跳ね飛ばされた伊緒は叫びながら倒れ込んだが、そこにすかさず細い腕が伸びる。

「大丈夫ですか、伊緒殿……？」

控えめな男性の声が伊緒の耳へと滑り込む。伊緒の二の腕を摑《つか》んで引き留めたのは、小ぶりな提灯《ちょうちん》を手にした、痩身で和装の若者だった。手を引いて立たされた伊緒が思わず目の前の相手の名を呼ぶ。

「し……七郎……さん……？」

「はい、僕です。いやはや、お一人で山に入られたと知った時は肝が冷えましたが……ご無事のようで何よりです。お会いできて本当に良かった……」

伊緒を見下ろした七郎が、ほっと大きな溜息《ためいき》を落として汗を拭う。提灯が照らす純朴な表情に伊緒は思わず安心しかけたが、その時、屋敷で見た光景が――白く巨大な蛇の姿が脳内にフラッシュバックした。怯えた伊緒が慌てて七郎から距離を取る。

「こっ、こ、ここ……こ、来ないでください！」

「えっ？　どうされたんです？　僕が何か……？」

「だって見たんです、私！　お屋敷のあなたの部屋で、あの姿を……大きな蛇を！」

悲しそうに眉尻を下げる七郎に向かって伊緒が震える声で言い放つ。それを聞いた七郎は、ああ、と素直に得心し、困ったように苦笑いをした。

「なるほど。見られてしまっていたわけですか……。ええ。いかにも、僕の本性は白の口縄《くちなわ》。いわゆる蛇です」

「や、やっぱり――」

「お、落ち着いてください。あと大きい声も出さないで……いや、まあ、怖がるのはもっともなんですけれど、その……う〜ん、参ったなあ……。どう言えば……」

困り果てた様子で七郎がおろおろとあたりを見回す。その露骨に気弱で迫力のない言動は、正しく「ぐずる孫にうろたえるおじいちゃん」といった感じであり、怯え切っていた伊緒の心がふと緩んだ。

なんとなくだけれど、馬鹿な娘を騙《だま》してどうこうしようという人——あるいは蛇は、こういう態度を取らない気がする。

私を襲うつもりなら、もっと堂々と振る舞うだろう。逃げようとしていた伊緒が足を止めておそるおそる見返すと、七郎は頭を掻《か》きながら言葉を重ねた。

「いやはや、すみません。完全に僕の失態です。いきなり全てを話すと驚かせすぎてしまうと思って隠していたのですが……あの屋敷があった里は隠れ里で」

「え？　それはお聞きしましたけど」

「続きがあるのです。ここには——つまり、隠れ里とそれを囲むこの山々には、色々なものがいて……ずっと住んでいるもの、どこかからやってくるもの、言葉が通じるものに通じないもの、形のあるものに形のないもの……。在り方は多種多様ですが、一つだけ、共通点があります。いずれも『人ではない』という」

「人ではない……」

「はい。もののけ、妖怪、神、精霊……。ちょうどいい総称というのはないのですが、ここは、そういったものだけが住まう世界なのです。無論、僕もそうですし、夕方会われたあのトボシだって同様です。伊緒殿が落ち着かれたら、順を追って話そうと思っていたのですけれど、まさか先に正体を見られてしまうとは……」

そう言って七郎は肩を落として、僕はこういうところが駄目なんですよね、と言い足した。「いえいえそんな」とつい慰めてみたりする伊織である。ありがとうございます、と七郎が苦笑する。

「そして、もう一つお伝えし忘れていたことがあります。僕ら隠れ里の住人は、山のものたちとは違い、誰かに襲い掛かるようなことは基本的にしません。いきなり本性を見たら怯えてしまうのは分かりますが、蛇にだって色々いますし、少なくとも僕は、人を騙して襲ったり食ったりはしません」

「ほ、本当ですか……？」

「はい。と言っても、証拠は示しようがありませんが……どうか、信じていただけませんでしょうか」

七郎が伊織に語りかける声が夜更けの森に染み入っていく。口下手なりに精一杯なのだろう、その真摯な説得は、提灯のささやかな光に照らされる誠実な表情と相まって、七郎が本心を包み隠さず口にしていること、目の前の人間を――自分を――気遣っていることを伊織に訴えかけてくる。夕方の囲炉裏端で受けた印象はやはり間違っていなかったようだ、と伊織は思い、七郎に少しだけ歩み寄った。それが嬉《うれ》しかったのだろう、七郎がほっと微笑し、懐から一枚の木札を取り出した。大きさは栞《しおり》ほど、「護」の一字が記されたそれを示しながら七郎が続ける。

「僕は、『護《まも》り部《べ》』という、いわば隠れ里の番人のような役割を授かっています。これは護り部を任じるという任命の札でして……。今日の伊緒殿のように誰かが里に来られた日は、その匂いを辿《たど》って何かが山から下りてくることがありますから、本性に戻って里の見回りをしていたのですが、丁度屋敷に戻ったところを……」

「たまたま私が見てしまった……ということですか？」

「そういうことです。ひとまずは、僕を信じて一緒に山を下りてもらえませんか？　里を出たいお気持ちは分かりますが、夜の山は人ならざるものたちの縄張りであり、あなたが思っている以上に危険な場所です。僕は伊緒殿を危険な目に遭わせたくはない――いや、遭わせるわけにはいかないんです」

「えっ？」

「僕には、その責任がありますから」

最後の一文は伊緒よりもむしろ自分に言い聞かせるように、七郎がしっかりと断言する。その誠実でまっすぐな宣言を受けた伊緒は、信じてみよう、と思っている自分に気が付いた。少なくともこの若者が自分を案じて探しに来てくれたことは確かなようだし。

「……分かりました。勝手に逃げてしまってすみません」

「いえ、滅相もない……！　伊緒殿の状況なら、僕でも逃げると思いますし――」

「人の匂いがするぞおおおおう！　近くにいるなあああああああ！」

突然の野太い咆哮《ほうこう》が、七郎の言葉を遮った。山姥だ！　しかも結構近い！　反射的にびくっと身を縮める伊緒。七郎が即座に提灯の炎を吹き消し、暗闇があたりを包み込んだ。

何も見えなくなって戸惑う伊緒のすぐ傍《そば》で、七郎の抑えた声がぼそりと響く。

「落ち着いて」

「は、はい……！　あ、あれ……山姥、ですよね……？」

「本当にお詳しいですね。いかにもあれは山姥です。山に魅入られてしまった女の成れの果てとも、あるいは、老いた山そのものの化身とも語られる怪異……。詳しい素性は僕も知りませんが、いずれにせよ、山の象徴のような妖怪です」

「妖怪……」

どうにも非現実的なその単語を、伊緒は鸚鵡《おうむ》返《がえ》しに口にした。そういうものがいる世界だということは理解したつもりだったが、改めて耳にすると非現実感がすごい。

「どうやったら逃げ切れるんです……？　それか、七郎さん、退治できたりしないんですか？　番人なんですよね……？」

「できなくはありませんが……それはできれば避けたいのです。山姥は何も悪いことはしていない。彼女はただ、自身の在り方に従っているだけですから」

怯《おび》える伊緒の手をそっと握り返しながら、七郎がしっかり言い切った。七郎のポリシーなのだろう、そのはっきりとした明言に、伊緒はうなずかざるを得なかった。

「……わ、分かりました。変なことを聞いてしまってごめんなさい」

「いえ、そんな……。それに、下手に相手をしていると、余計に厄介なことになりかねませんし……。幸い、山姥《やまんば》も離れたようですし、今のうちに行きましょう。僕の目は人のものとは作りが違うので、ある程度は見えます」

そう言って七郎は伊緒の手をそっと引いた。促された伊緒は歩き出したが——いや、歩き出そうとしたが、その場でつんのめってしまった。

「きゃっ？　……え」

草か木の根に足を引っかけたのだろうか。そう思った伊緒は反射的に足下を見下ろし、硬直した。いつの間にか、両脚の脛《すね》にうっすら光る綿のようなものが絡みついていたのだ。

「あしまがりが出てしまっていたか……！」

遅かった、と七郎が歯噛《はが》みする。

「あ、あしまがり？　あしまがりって、足に絡みついて歩く邪魔をするっていう、あの妖怪のこと……ですよね……？」

「お詳しいですね、その通りです。命を奪うようなことはないですが、厄介ですし……何より、こいつらが出たということは、もう――」

七郎が静かにあたりを見回す。と、四方の森の中から、ざわざわっ、と無数の何かがうごめく音が響いた。震える伊緒に寄り添いながら七郎が言う。

「先ほど申し上げたように、山姥は、山の象徴のような妖怪です。故に、彼女の声は山のものたちを呼び寄せる。自分たちの縄張りであるはずの夜の山、人が本来踏み入ってはいけないところに、迂闊《うかつ》な誰かが来ているぞ――と」

こうなる前に去りたかったんですが、と小声で言い足す七郎である。その言葉に伊緒は慌てて周囲を見回し、いる、と深く実感した。

暗くて何も見えないが、大小さまざまな何かの気配が――敵意と害意をむき出しにした幾つもの眼光が、今にも襲い掛かってやろうと身構える無数の音が――伊緒と七郎を取り囲んでいるのが分かってしまう。

「な、何がいるんです……？」

「山に住まうものたちです。里に住まう僕らとは異なり、本能の導くままに生き、他者との対話に応じることのない、自然現象に近い存在たち……」

「自然現象に近い……？」

「はい。故に、彼らには里のものの言葉は基本的に通じません。彼らは自分たちの縄張りに入ってきた相手を、ほとんど自動的に襲うんです。話して分かってもらえると楽なのですが……」

と、七郎がそう言った時だった。きゃおっ、という甲高い笑い声が木の上から轟《とどろ》いたかと思うと、それを皮切りに、猿とも子供ともつかないものがいくつも、伊緒を目掛けて飛び掛かってきた。

「きゃっ……！」

「危ない！」

伊緒に組み付いたものたちを七郎が力任せに引きはがし、闇の中へと押し戻す。一体一体はそれほど強くはないようだったが、何しろ数が多い。おまけに見通しは効かないし、足は動かせないままで、猛獣らしきものの唸《うな》り声も増えている。いよいよ覚悟を決めるしかないのかと伊緒は思った。

「も、もう、どうしようも――」

「大丈夫。守ると言ったでしょう」

そう言うなり、七郎は袖を広げ、くるりと身を翻した。

瞬間、細身の若者の姿が巨大な白蛇へと一変する。胴回りは電柱ほどで、長さは五メートルあまり。全身の鱗《うろこ》は乾いた白で、口からは割れた赤い舌と尖《とが》った牙とが覗《のぞ》いていて、両目は深い沼のような青緑色。本性を現した七郎は、伊緒を守るように長い胴体を伸ばして大きな円を描き、鎌首をもたげて周囲を睥睨《へいげい》した。

爬虫類《はちゅうるい》特有の縦長の瞳から放たれる眩《まばゆ》い眼光、さらには全身を覆う鱗が放つ淡い光が、夜の山中を照らし出す。しゃあっ、と七郎が吠《ほ》えると、山の妖怪たちは光が苦手なのか、一斉に草木の陰へと身を隠してしまった。

「すっ……すごい……」

伊緒が思わず息を呑《の》む。巨大な蛇への恐怖感が消えたわけではなかったが、七郎への信頼感、そして、目の前の蛇が動けない自分を身を挺《てい》して守ってくれていることへの感謝が、怖がる気持ちを打ち消していた。

「すごいです七郎さん！」

「お誉《ほ》めに預かり光栄です。……ですが、一時的に脅しただけでは、山のものたちはすぐに光に慣れて襲い掛かってきます。実際、あしまがりも消えていないでしょう」

「……あ。た、確かに……！　だったら」

「散らすしかありません」

「散らすって――」

どうやるんです、と伊緒が尋ねようとした時だった。

七郎の右の目が、凄《すさ》まじい光を放った。

青白い光があたりを一瞬のうちに飲み込み、フラッシュを焚いたような眩さに伊緒は思わず目を閉じてしまう。よほどの光量だったのだろう、瞼《まぶた》を閉じてもなお明るさは焼き付いており、視界が白く染まっている。そのまま固まること数秒間、頭の上から穏やかな声が投げかけられた。

「もう大丈夫です、伊緒殿。彼らは全て去りました。あしまがりももういません」

「えっ？　あっ、本当……！　ありがとうございます、七郎さ――」

脚が自由に動くことに喜んだ伊緒だったが、感謝を告げようと視線を上げた直後、はっと絶句して固まった。

長い首を持ち上げたまま、伊緒を優しく見下ろす白銀の蛇。その右目、今しがた閃光《せんこう》を放った瞳のあったはずの位置には、ぽっかりと黒い穴が穿《うが》たれていたのである。

「し、七郎さん……？　め――目が――片方……」

「ええ。使いましたからね。……山のものたちを一度に散らした代償です」

伊緒の震える声に、七郎の穏やかな口調が応える。一つしか残っていない目玉で静かになった夜の山を見回しながら、白銀の大蛇は静かに続けた。黒い眼窩《がんか》から一筋の血がぽたりと垂れる。

『眼光』という言葉があるように、目は光を――夜の山のものたちが嫌うそれを、放つことができる器官です。加えて、僕のような口縄族……蛇や竜に類するものの目玉には、特別な力が備わっています。竜が携える宝珠のように」

「蛇の目の……力……」

隻眼となった七郎の言葉に、伊緒は大きく息を呑んだ。昔話「蛇女房」では、人との間に子を生《な》した大蛇は、我が子のために片目を与える。不思議な光を帯びた目玉は、子供が一人前に育つまでの栄養を全て賄うことができたという。七郎の目にも同じような力があり、そのエネルギーを一気に解放して妖怪たちを追い払った、ということだろうか。

「って、そんなことして大丈夫なんですか？　大事な目を、私なんかのために……！」

「『私なんか』などと言わないでください。ご自分を卑下される物言いは、聞かされる方を悲しくさせてしまいますから……」

真っ青になって慌てる伊緒とは対照的に、七郎の声は落ち着いていた。白蛇の姿のままの七郎は、大きく裂けた口元を少しだけ緩め――苦笑いしているのだなと伊緒には分かった――ゆっくりと言い足した。

「慣れるまでは多少見にくいでしょうが、それだけです。僕たちの体のつくりは普通の生き物とは違いますから……。まあ、いずれ何かしら影響が出るかもしれませんが、少なくとも今のところは大丈夫です」

「そ、そうなんですか……？　でも私、どうお礼を……お詫《わ》びしたらいいか」

「僕はただ、やるべきことをやったまで。お気になさらないでください。それより、今のうちに山を下りないと……。さあ、乗ってください、伊緒殿」

そう言って七郎は体をうねらせ、伊緒の前に長い胴体を横たえた。抱き枕ほどの太さのある爬虫類の胴体を目の前に見せつけられ、伊緒は反射的に身構えたが、すぐに自制し、おずおずと七郎の体にまたがった。

「しっかり摑《つか》まってください。落ちないように気を付けて」

そう言うと、七郎はふわりと宙に舞い上がった。きゃっ、と短く叫んだ伊緒が慌てて七郎にしがみつく。滑らかな体がほんのりと温かいことに驚きながら、伊緒は胴体の先にある尖った頭に問いかけた。

「飛べるんですか……？」

「大蛇は竜と同じ仲間ですからね。竜が飛ぶなら大蛇も飛べます」

七郎がはにかんだ声で答える。分かったような分からないような理屈だが、大蛇が飛ぶ話は伊緒も読んだことがあるし、この世界では揚力や浮力の問題を気にしても意味がないようだ。伊緒がそう痛感している間にも、七郎はぐんぐん高度を上げ、森の木々よりもはるか高く、山の上空へと至った。しがみついたまま下に目を向けた伊緒は、眼下に広がる光景に「えっ」と戸惑い、圧倒された。

「どこまでも……真っ暗……！」

素直な感想が口から漏れた。夜の闇に目が慣れてきたのだろう、星の光だけでも山の稜線《りょうせん》は見て取ることができた。自分が越えようとしていた山の向こうにも同じような山がいくつも続いており、そのどこにも人工の光は見当たらなかった。

この時、伊緒は、ここが自分の元居た世界ではないことを改めて――心から――理解した。今まで生きてきた場所でのルールも、自分の知識や常識も、ここでは通用しないのだ。

そして、大事なことがもう一つ。

この世界には人を害するものがいるが、守ってくれるものもいる。

片目を失ってまで自分を助けてくれた若者の背で、伊緒は自分の愚かな行動を恥じ、「ごめんなさい！」と頭を下げた。いきなり謝られた七郎が首だけを捻《ひね》って後ろに向ける。

「どうされたんです、いきなり？」

「だって七郎さん、ご自分の目を失ってまで私を助けてくれたんですよ。謝るのは当然じゃないですか……！　勝手に山に入った私が悪いのに……！」

「ですからそこは気にされなくても」

「気にします！　どうしてわざわざ来てくれたんです？　さっき言っておられた役職――『護り部』だから、ですか？　だとしても……」

「それは少し違いますね。護り部の務めはあくまで、里と里の住人を守ること。自ら里を出たものは、守るべき対象には含まれません。僕が伊緒殿を助けたのは、言ってしまえば僕の勝手です。――あなたのことは、僕が守らなければならないから……」

泳ぐように夜の空を進みながら、顔を前に向けた白い大蛇がぼそりと告げる。説明というよりむしろ決意表明のようなその言葉に、伊緒が面食らったのは言うまでもない。自分が特別扱いされるような理由は何もないはずなのに……。

「どうして、そこまでして私のことを……？」

「えっ？　ああ、いや、それは――」

七郎の言葉が不意に途切れる。数秒間沈黙した後、七郎は首を軽く振って苦笑した。

「申し訳ありません、思い出せません。目を失った影響かもしれませんね」

「え!?　そ、そんな……！　ごめんなさい、私、本当に、本当に――」

「ですので、どうかお気になさらず……。僕はこの通り無事ですし、記憶もいつか戻るかもしれません。だから伊緒殿は気に病まないでください」

明るく語る七郎だったが、気に病むなと言われてもこれは難しい。沈鬱な顔になる伊緒に、七郎は「ほら」と首を眼下に向けて話しかけた。

「もう里が見えてきましたよ」

「あっ……！」

七郎に促されて前方を見下ろした伊緒は、思わず声をあげていた。

四方を山に抱かれた小さな平地に瓦屋根や藁《わら》ぶきの建物が点在し、それらの窓からはぽつぽつと光が漏れている。光の数は少なく、十にも満たないほどだったし、それぞれの明るさだって見知った夜景と比べるとあまりにか細いものだ。

だが、窓の光が、そこに人が――少なくとも文化と言葉を有したものが――生活している証《あかし》であることには変わりはない。窓から漏れる光がこんなにも心を落ち着かせてくれるということを、伊緒は初めて知り、今日は初めて気付くことが多いな、と苦笑した。

宿屋「十二座敷《ざしき》」に到着すると、七郎は人の姿に戻り、囲炉裏端で伊緒に食事をふるまってくれた。野菜の入った雑炊と根菜の漬物という素朴なメニューだったが、今まで食べたどんなごちそうよりもありがたく温かく感じられた。

その後、伊緒は案内された風呂に入り、あてがわれた部屋へと戻って布団に横たわった。

七郎の目のことは詫びても詫びきれないし、帰るためには招かれた理由を探らねばならない。

考えるべきこともやるべきことも数多いけれど、今は眠ろう、と伊緒は思った。

まもなく、うしに　つけて　いた　たくさんの　しおさばは、いっぴき　のこらず、山んばに　たべられて　しまいました。

「もう、これで　ないようっ。」

と、うしかたが　いいますと、山んばは、すぐ　また　おっかけて　きて、

「うしを　くわせろ、うしかた。うしを　くわせないと、おまえを　くうぞ。」

うしかたは、この　ことばに　ふるえあがって、おもわず、

「おう——。」

と、こえを　あげ、うしを　そこに　すてたまま、どんどん　はしって　にげました。

ところが、山んばは、みるまに　うしを　たべて　しまって、

「こんどは、きさまを　とって　くう。」

と　いって、おっかけて　きました。


（「うしかたと山んば」より）

第二話

見るなの座敷

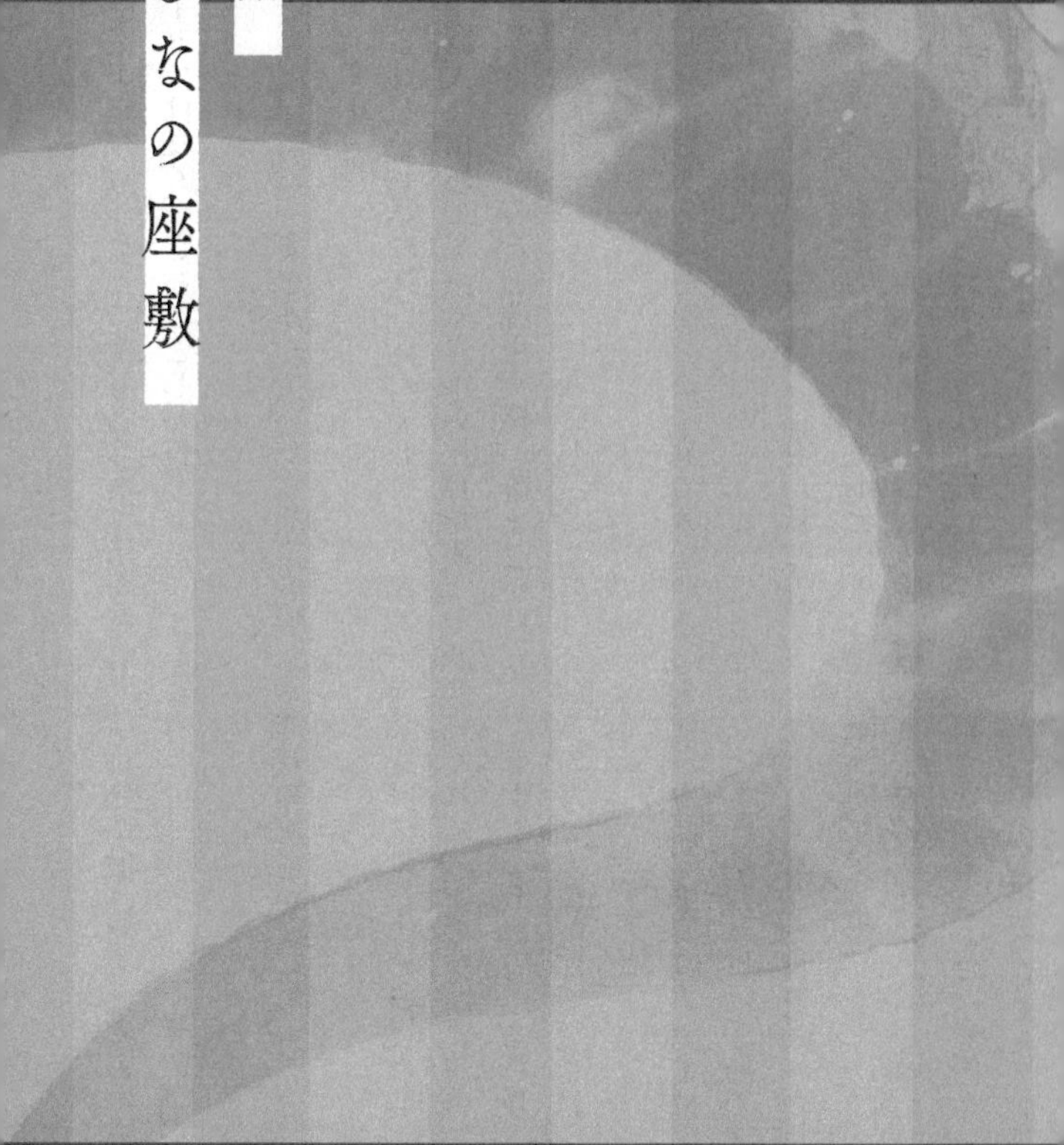

眼《め》を覚ました伊緒《いお》がいつものように枕もとのスマホを探ると、指先に触れたのは寮のベッドのヘッドボードではなく、ざらりとした畳だった。

あれ、なんで……？

違和感を覚えるのと同時に、まどろんでいた意識が覚醒し、昨夜の記憶が蘇《よみがえ》る。

「そっか……。私、昨日——」

昨日、昔話に語られる隠れ里に迷い込んでしまい、勘違いから逃げ込んだ山で妖怪に襲われたところを、巨大な白蛇でもある青年が片目を使って助けてくれて、この宿屋に戻ってきたのだった。文章にしてみると非現実感が凄《すさ》まじいけれど、しかしこれはどうやら現実だ。実際、布団も枕も自分のものではないし、身に着けているのはこの部屋に用意されていた木綿の寝間着である。

時計がないので時間は分からないが、障子窓の外が明るいところを見るともうとっくに夜は明けているようだ。季節ははっきりしないし……と言うか、そもそも隠れ里に季節の概念があるのかも怪しいけれど、体感気温は春か秋に近い。とりあえず真冬や真夏じゃなくて良かったと安心しつつ、伊緒は上体だけを起こし、ふう、と大きく息を吐いた。

七郎《しちろう》の目のことはどう詫《わ》びればいいのか分からないし、帰る方法も知りたいが、そのためには自分が招かれた理由を探らねばならないらしい。やるべきことは多そうだ。気鬱さを振り払うように重い頭をゆっくり振って立ち上がると、机の上の鏡と目が合った。

フライパン型のこの大きな手鏡は、昨夜戸棚から見つけたもので、直径二十センチほどの円形の鏡面にはぼさぼさの髪を振り乱した伊緒の姿が映っていた。

「何これ」

実験に失敗した科学者のような髪を見て伊緒は思わず小さく噴き出し、同時に、自分が眠りが深いほど寝癖がひどくなる体質であることを思い出した。ということは昨夜はぐっすり寝られたということか。確かに頭はだいぶすっきりしている。

現金な自分に呆《あき》れつつも安心し、伊緒は自分の服に着替えた。上から下まで昨日と同じ服になるが仕方ない。ひとまず顔を洗って髪を整えたい。

「確か、水場がこっちにあるって……」

戸棚の手ぬぐいや櫛《くし》を手に取り、昨夜七郎から聞いた案内を思い出しながら部屋を出る。出たついでに確かめてみると、長押《なげし》には「長月」と書かれた札が掛かっていた。やはりこれは部屋ごとの室名なのだろう。

にしても、隠れ里に言っても仕方ないけど、せめてメイク用のポーチと常備薬入れくらいは持ってこさせてほしかった。そう内心でつぶやいた直後、伊緒はふと、昨夜風呂に入ってから化粧水も乳液も何も付けていないのに肌が乾燥していないことに気が付いた。

「水がいいのかな……？　それとも空気……？」

これも隠れ里ならではの効用なのだろうか。だとしたらさすがだな、などと思いながら廊下の脇の木戸を開けると、明るい光が一気に差し込んだ。その眩《まぶ》しさに伊緒は思わず目を細め、次いで目の前の光景に見入った。

申し訳程度の小さな屋根が設けられた下、澄みきった水が朝日を反射しながらさらさらと流れている。水場と聞いて伊緒は井戸をイメージしていたのだが、宿屋「十二座敷」の水場は小さな池であった。

石で四角く囲われた池は地面から一段低くなっており、その広さは半畳ほど。湧き水をくみ上げているのか、あるいは何らかの不思議な力によるものか、池を囲った石枠から突き出した竹筒からは澄み切った水が常に流れ続け、水面にゆるやかな波を作っている。池を満たした水は近くの小川へと流れていく仕組みだ。その人工の池のほとりでは、首に手ぬぐいを掛けた灰色の着流し姿の若者が一人、屈《かが》みこんで顔を洗っていた。

どこか水色がかった長い白髪に肉付きの薄い華奢《きゃしゃ》な体軀《たいく》。間違いなく七郎である。伊緒は木戸の外に置いてあった木製のつっかけを履き、飛び石を渡って水場に近づきながらおずおずとその背中に呼びかけた。

「七郎さん？」

「ああ、伊緒殿。おはようございます、良い朝《い》ですね」

手ぬぐいで顔を拭きながら、七郎が立ち上がって振り返る。昨夜片目を失ったとは思えない朗らかさだったが、垂れ下がった前髪の向こう、右目のあるべき部分にはしっかり暗い眼窩《がんか》が覗《のぞ》いており、伊緒の胸がぐっと痛んだ。

「昨夜は本当にありがとうございました。私のせいで……。目は大丈夫ですか？」

「お気遣いなく。左目があればしっかり見えますし——ぐふっ」

ふいに七郎が手ぬぐいで口元を覆い、伊緒から目を逸《そ》らした。やはり何処《どこ》か悪いのだろうか？　青ざめた伊緒が「どうしました？」と尋ねると、七郎は口を押さえたまま「失敬」と頭を下げた。

「伊緒殿の髪がすごいことになっておられるので、つい噴き出してしまっただけです」

「え？　え、あっ、す、すみません、こんな頭で……！　その、寝癖がひどかったので、直そうと思ってここに来たら七郎さんがいたので」

自分の髪の有様《ありさま》を思い出した伊緒が赤くなって顔を伏せる。それを見た七郎は申し訳なさそうに再度頭を下げ、どうぞ、と水場を譲ろうとしたが、その体が不意によろけた。

「おっと」

「あっ……！」

転びそうになった七郎に伊緒はとっさに駆け寄り、櫛や手ぬぐいを抱えたままその体を抱き留めた。正確には受け止めた。あ、という声が同時に響く中、服越しに伝わる体の軽さと肉付きの薄さ、そして深山の渓流のような澄んだ香りに、伊緒ははっと驚いた。

「す、すみません……」

伊緒に支えられた七郎が慌てて体を起こし、薄赤くなった頰を搔《か》く。伊緒は「いえ」「そんな」などと意味のあるようなないような返事をした後、改めて七郎を見た。身長差が三十センチ以上あるので、至近距離からだと見上げる格好になってしまう。

「同じことばかり聞いてしまっていますけど……本当に大丈夫ですか？　今、何もないところで躓《つまず》いたように見えましたが……」

「面目ありません。実はですね、片目がないと距離感が違って見えるのか、歩き慣れた場所や、何もないところでも蹴躓《けつまず》いてしまうんですよね。部屋の戸にもぶつかりました」

「そんな……！　ごめんなさい、私の――」

「いやいや、どうかお気になさらないでください。すぐに慣れるでしょうし、昨夜のあれはあくまで僕の自発的な行いです。僕には、伊緒殿を守らなければならない理由がありますから」

「その理由、思い出せたんですか？」

もしかして一つだけでも謎が解けるのか。期待をして見上げた伊緒だったが、七郎は気まずそうに視線を逸らし、ゆっくりと首を左右に振った。

「……いいえ。残念ながら、頭の中に残っているのは、伊緒殿をちゃんと守らないといけない、という使命感のみです。ですが、それに基づいて動いたことは僕は後悔していません。ですから伊緒殿には、どうか罪悪感を抱かないでほしいのです」

「えっ？　ですけど……」

「はい。難しいことを言っているのは分かります。でも、ずっと申し訳なさそうにしておられる伊緒殿を見るのは僕としても辛《つら》いのです。あなたが心身とも無事であることこそが、僕にとっての喜びでもあるわけですから」

「そ、そう言われるなら……分かりました」

はいそうですかと納得するのは難しかったが、こちらの気遣いで七郎に迷惑を掛けることになっては本末転倒だ。伊緒はおずおずとうなずき、その上で言葉を重ねた。

「でも、私にできることがあればなんでも言ってくださいね」

「ですから僕は大丈夫──ああ、いや、そうですね」

即座に断ろうとした七郎がふと黙る。どうしたんだろうときょとんと首を傾《かし》げると、七郎は少しだけ思案し、申し訳なさそうに伊緒を見返してふいに笑った。

「どうされたんですか七郎さん」

「伊緒殿の髪型が面白くて」

「また？　そ、それは仕方ないじゃないですか……！　今から直すところなんですから」

爆発した髪を両手で隠し、キッと七郎を見据える伊緒。睨《にら》まれた七郎は「ですよね、すみません」と笑いを堪えて謝った後、神妙な顔で口を開いた。

「それでは、伊緒殿が髪を梳《す》いて身支度を整えてからで結構ですので、一つだけお願いしてもよろしいでしょうか」

「えっ？　は、はい……。私にできることなら、ですけど」

寝癖を笑われるのは恥ずかしいが、至近距離から真面目に見つめられるのもそれはそれで恥ずかしいし、それ以上に緊張する。思わず姿勢を正した伊緒を前に、七郎は優しく微《ほほ》笑《え》み、大丈夫、とうなずいた。

「伊緒殿ならできます」

＊＊＊

「一体何を頼まれるのかと思っちゃいましたよ……。もったいぶりすぎだと思います」

池の前でのやりとりから少し後、水場に臨む縁台で、伊緒は溜息《ためいき》を漏らしていた。

「眼帯を付けてほしいだけなら最初からそう言ってくれれば……」

「いやあ、かたじけない。自分でやるとどうも上手《うま》くいかないものでして」

縁台に腰を掛けた七郎が苦笑する。伊緒はその後ろで膝を突いて背筋を伸ばし、七郎の右目を隠すようにあてがった布を後頭部で縛っていた。

「でも、本当に布を巻くだけでいいんですか？」

「傷口はちゃんと洗いましたよ」

「そうじゃなくて！　仮にも目が無くなっちゃったんですよ？　普通はもっと、消毒とか手当とか……」

「ああ。そのあたりは大丈夫かと思います。僕は人ではありませんので」

「そ、そういう問題なんですか……？　確かに、片目を使った大蛇が適切な治療を受けなかったので炎症を起こしたとか、化膿《かのう》した、なんて話は聞いたことはないですけど」

「でしょう。そういうことですよ」

「わ、分かりました……。でも、もし具合が悪くなったらすぐに言ってくださいね？　と言うか、案外難しいですね、これ……」

七郎を気遣った後、伊緒は素直な感想を漏らした。布を縛ればいいんだろうとあっさり請け負ってはみたものの、七郎の髪は長いしボリュームも結構あるので、眼帯代わりの布がずれないように固定するのが難しいのだ。何度か試行錯誤した後、伊緒は手を止め、あの、と後ろから問いかけた。

「すみません七郎さん。後ろ髪を縛らせていただいてもいいですか？」

「後ろ髪？　僕のですか？」

「私の髪を縛っても仕方ないじゃないですか……。あの、眼帯の布がうまく固定できないのって、七郎さんの髪が広がっちゃってるからだと思うんです。ですから一回ポニーテールみたいにさせてもらえれば、と思って……」

「ポニーテール……？」

「ひとまとめにするってことです。ちょうど、これを持っていますので」

そう言って伊緒がスカートのポケットから取り出したのは、シンプルなブルーのヘアゴムだった。貴重なあちらの世界の道具だが、後生大事に取っておくほどのものでもない。というわけで伊緒は七郎の襟足のあたりで髪をくくってまとめ、ついでに前髪にも櫛を入れた上で、眼帯代わりの布をきゅっと縛った。

「これでいかがです？」

「やあ、ありがとうございます。大変具合がいいですね。才能がおありだ」

「そ、そんなことはないと思いますけど……。じゃあゴムを外しますね」

「はい──あ、いや。つかぬことをお尋ねしますが、このままにしておいてもらうことはできますか？」

伊緒が髪を元通りにほどこうとした矢先、七郎が肩越しに振り返った。それは別に全然できますけども、と思う伊緒に向かって七郎は気恥ずかしそうに続ける。

「これまで髪は伸びるに任せていたのですが、こうやってまとめていただくと、首の周りも心地よいですし……。もし差し支えなければ」

縛った後ろ髪を撫《な》でたり穂先を前に回してみたりしながら、どこかうきうきとした口調で語る七郎である。お爺《じい》さんみたいに老成した人かと思っていたが、案外純朴なところもあるようだ。

「全然構いませんよ」

「本当ですか？　ありがとうございます。いや、しかし……」

伊緒に向き直って顔を輝かせた七郎が、すぐに表情を曇らせる。ストレートにしておかないといけない重大で深刻な理由が何かあったりするのだろうか。だとしたら、自分はまたも軽率にまずいことをしてしまった……？　伊緒が不安を募らせながら「どうしました」と問いかける。と、七郎は肩口から前に垂らした長い髪を撫で、恥ずかしそうにぼそりと尋ねた。

「……変ではありませんか？」

「似合ってると思います！」

思わず大きな声が出た。良かった、と盛大に胸を撫で下ろす七郎を前に、伊緒は大したことでもないのにいちいち深刻にならないでほしいと呆《あき》れ、同時に、自分も臆病でネガティブなので気持ちは分かるな、とも共感した。

他人から見れば些細《ささい》なことでも、マイナス思考な人間にとっては——まあ七郎は人ではないわけだが——誰かに何かを頼んだり自分の何かを変えたりすることには高いハードルが付きまとう。とすれば、自分とこの長身な白蛇の化身は案外似た者同士なのかもしれない。思わず親近感を覚えた伊緒の前で、七郎は立ち上がり、髪を後ろに流して伊緒を見た。

「朝の身支度に思いのほか時間を取ってしまいましたが、そろそろ食事にしましょうか。伊緒殿もご朝食はまだでしょう？」

「え、ええ……。って、そういえば、ここの食事ってどうなってるんです？　昨夜のご飯、どなたが作ってくださったんですか？」

「誰も作っていませんよ。宿ですからね、出てくるのです」

「……『出てくる』？」

眉根を寄せた伊緒が鸚鵡返《おうむがえ》しに問い返すと、七郎はこくりとうなずき、「広間に行けば分かります」と歩き出してしまう。伊緒は首を傾げたまま慌てて後を追った。

＊＊＊

七郎とともに囲炉裏端に足を運び、伊緒は七郎の言葉の意味を理解した。ついでにこの部屋を広間と呼ぶことも知った。

人の気配はまるでないのに、部屋の隅には食事の乗ったお膳が三つきちんと並んでいたのだ。ご飯に味噌汁《みそしる》に漬物、煮物の小鉢という質素なメニューだったが、丁寧に作られ、盛りつけられたものであるのは見て取れる。

「これ、いつの間に誰が……」

「強いて言うならこの建物が、でしょうか。宿は衣食住を提供するものですから」

「は、はあ……。さすが昔話の世界、不思議なことが起きるんですね……。お膳が三つありますけど、一つはトボシ君の分ですか？」

「ええ。トボシはどうせ昼まで寝ていますから、僕らは先にいただきましょう」

「そうなんですね……。ところで彼って何なんです？　人間じゃないんですよね？」

「ああ、彼は『木の子』ですよ」

「きのこ？」

確かに締まった小柄な体と大きな笠《かさ》は茸《きのこ》っぽかったが、まさか本当に菌類なのか。驚く伊緒を見返して七郎が笑う。

「いえいえ、木に生えるあれではなく、樹木の子供と書いて『木の子』です。森の精霊だか妖怪だか、そんなようなものだと言っていました」

「あっ、それなら民俗学の本で名前を見たことはあります。でも、木の子って五、六歳くらいで、もっと無邪気なもののはずでは……？」

「何かのはずみで成長してしまったそうですよ。森の連中とは話が合わないから山を出たという変わり種です。まあ、悪いやつではありません」

そう言いながら七郎はお膳と円座を手際よく並べ、伊緒とともに朝食を取りながらこの建物のことをざっと説明してくれた。

曰《いわ》く、朝昼夕の三食は客間にいる者の数だけ自動で出てくる。献立は若干の変動はあるが大体似たようなものであり、自炊したり外で食べたり、あるいは食べなかったりするのは客の勝手である。今日はいらないと思ったらその旨を建物に伝えれば出てこなくなる。

衣服については、着替えを望めばシンプルな着物が客室に用意される。服が無限に出てくるのか、あるいは洋服も出てくるのかどうかは、七郎は試したことがないので分からないが、おそらく無理だろう。客室は全部で十二あり、伊緒の他は七郎とトボシしかいないので大半が空き部屋になっている。炊事や洗濯をしたいとか、あるいは他の用事がある時は屋敷《やしき》の内外の設備を好きに使っていいが、ただし二階の一番奥の部屋だけは開けてはいけない……。

その説明を聞いた時、食後のお茶を飲んでいた伊緒ははっと息を呑《の》み、思わず小さな声を漏らした。

「『見るなの座敷《ざしき》』……！」

「え。何か？」

「あっ、すみません。その、絶対に見てはいけない特定の部屋というのは、昔話や民話によくある設定で……その部屋や決まり事を『見るなの座敷』『見るなの禁』などと呼ぶんです。お話として聞いたり読んだりしたことはありましたけど」

「それが本当にある建物に来られたことはなかった、と」

「はい……。そもそも昨日までは実在するとも思っていませんでしたし……。あの、ちなみに、もしそこを開けたらどうなるんです……？」

湯飲みをお膳に置いた伊緒が少し身を乗り出して声をひそめる。この手の部屋は開けると大きなしっぺ返しがあるのがお約束なわけで、開けるつもりはないにしてもなるべく詳しく知っておきたい。だが固唾を飲んだ伊緒とは対照的に、七郎は軽く眉根を寄せ、あっさり肩をすくめてみせた。

「さあ?」

「『さあ』って……ご存じないんですか?」

「はい。くれぐれもうっかり開けるなと言われただけですからね。ともかく、この屋敷で気を付けなければいけないのはそこくらいです。帰る方法が分かるまでは、ご自分の家と思っておくつろぎください」

「は、はい……。ありがとうございます」

拍子抜けしながらうなずいた後、伊緒はふうと溜息を落とした。

「帰る方法……」

沈んだ声がひとりでに落ちる。それを知るためには、ここに招かれた理由を探さなければいけないらしいが、思い当たる節が何もないのは昨日散々悩んで確かめた。空になったお膳を前にしょんぼりと縮こまる伊緒に、七郎がおずおずと声を掛ける。

「お力になれなくて申し訳ありません。ですが、伊緒殿は昔話や伝説にお詳しいわけですから、何か手がかりを思いつかれませんか?」

「全然です……。もっと賢い人や、研究者だったらすらすら出てきたかもしれませんが、私はただの――いいえ、出来も良くない学生ですから」

「伊緒殿。そんなことは」

「いいえ、本当にそうなんです。昔話が好きだとか言っているくせに、知識の量は全然足りてませんし……。もし大学だったら調べる手段はいくらでもありますし、詳しい人に聞くことだってできますが、私だけだと全然、何も……って、すみません、せっかく励ましてくださってるのに」

「いえいえ。僕も実際役に立っていないわけですからね。……では、誰かに聞いてみるというのはどうでしょう？　招かれた理由や帰る方法、前に来た人はいるのかいないのか……。そのあたりを適当に聞いてみれば、得られるものもあるかもしれません」

「聞くって、誰にです？　トボシ君ですか」

「彼は偏った方面に限っては博識ですが、すぐにはぐらかすしからかうし、相談相手としてはあまりおすすめしませんね。なので、ヌシに聞いてみるのはいかがかと」

「ヌシ……？」

　そのいかにも民話っぽい単語を伊緒は思わず繰り返し、同時にはっと気が付いた。今の今まで頭から抜け落ちてしまっていたが、ここは山中の一軒家ではなく里に――つまり一種の共同体に――属する建物であり、この周囲には他にも家があって住人がいるのだ。昨夜、七郎の背の上から見た光景を……暗がりの中にぽつぽつと灯《とも》った幾つかのあかりを思い出しながら、伊緒は七郎に問いかけた。

「この宿屋の外ってどうなっているんです？」

「ええとですね、まず――」

七郎は説明しようとしたが、なぜか開いた口をすぐに閉じてしまった。何か言いづらいことがあるんだろうか。そう訝《いぶか》る伊緒を前にして、七郎は腰を浮かせてこう続けた。

「せっかくなので、実際にご案内しましょう」

＊＊＊

「……というわけで、隠れ里というのは自然発生するわけではなく、強力な神や妖怪が形成し、維持するものなのですね。これがいわゆるヌシで、今から会いに行くお方です」

「なるほど……。ヌシというのは固有名詞じゃなくて、一般名詞なんですね。じゃあ、竜宮城だと乙姫《おとひめ》が、『おむすびころりん』の鼠《ねずみ》浄土だと鼠たちがヌシになるのかな……。ここって、どのお話の隠れ里なんですか？」

「どの、と言われますと？」

「ですから、隠れ里でも種類が色々あるわけですよね」

「それはそうでしょう。実際、ここの他にも隠れ里はあると聞きます。僕は訪れたことはありませんが」

「ですよね？　だったら、ヌシの――ヌシさんの素性とかが分かれば、なんというお話の世界が土台になっているのか、それが絞れると思うんです」

「ああ、なるほど……。しかし、ヌシの素性までは僕は存じませんね。ヌシはヌシだとしか知りませんし、それで充分事足りているので……」

伊緒の左隣を歩く七郎が申し訳なさそうに苦笑する。右目を覆う眼帯は痛々しかったし、歩き方には若干のぎこちなさも残っている。いつでも手を伸ばして支えられるよう注意しつつ、伊緒は改めて道の周りの風景を――日中の隠れ里を見回した。

雑草がまばらに生えた未舗装の道の周りには、崩れかかった無人のあばら家、小さな祠《ほこら》や石仏などが点在するだけで、今のところ住人の気配はない。道の脇には澄んだ小川がさらさらと流れ、その向こうは山に連なる深い森。小さな畑も見かけたし、カラカラと何かを――おそらくは糸車を――回す音も聞こえたので、人がいるのは確かなようだが、天気のいい日中なのに誰ともすれ違わないのは不思議な感じがした。車の音も電車の音も聞こえないというのが伊緒にとってはそもそも新鮮だ。

「すっごく静かなところですね……」

「そうですか？　まあ、ここは隠れ里ですからね。現世で居場所を失ったものたちが流れ着く最後の場所にして、ただ時がゆっくり流れるだけの、何も生まない共同体なわけですから。そんなところが賑《にぎ》わっていると変でしょう」

「な、なるほど……。それと、すぐそこまで森なんですね。昨夜空から見た時も周りは全部森と山でびっくりしたんですが、ここって、森を切り開いて作った里なんですか？」

「……山と森が侵食してきているんですよ」

伊緒の何気ない問いかけに七郎が静かな声で切り返す。「侵食」？　伊緒が視線で問い返すと、この里の住人である白蛇の化身は無言で首肯し、左目だけが残った顔を川岸にまで迫っている森へ向けた。

「本来、この里はもっと広くて、もっと豪奢《ごうしゃ》だったそうです。宿屋のすぐ傍《そば》に崩れた土塀があったでしょう？　かつてはあの塀の内側全てがヌシの館で、その周囲に里が広がっていたとか」

「えっ、そうなんですか？　すごく広かったんですね……。でも、それがどうしてこんなに、その――」

「寂れて」という言葉は失礼な気がして口に出せなかったが、それでもニュアンスはしっかり伝わったようで、七郎は肩をすくめてうなずき、言った。

「ヌシの力が弱まったからです。どんな強大な存在であっても、忘れられ、語られなくなると、弱くなるのは避けられません。まあ、単に里の維持が面倒になっただけかもしれませんが……。ヌシは気まぐれですからね」

「あっ、そういう話は読んだことがあります。『ヌシ』と呼ばれる存在は——私が知っているのは湖や川のヌシですが、決して人徳のある指導者ではなく、独自のルールに則《のっと》って動く、ある種奔放な存在である、とか……」

「なるほど。なんにせよ、我々のような現世に居場所もなく、さりとて隠れ里を形成できない者にとっては、とてもありがたい存在です」

『我々』……ですか」

「どうかされました？」

「天気もいいのに、ほんとに誰もいないなって思って——」

と、伊緒が言いかけた時だった。

ふいに道端の大樹の陰から数人の子供が元気よく駆け出してきた。簡素な和装の三、四人の子供の集団は、七郎や伊緒をすれ違いざまに一瞥《いちべつ》したが、立ち止まるでもなく、そのまま騒ぎながら走り去ってしまう。伊緒は思わずそれを追って振り返り──そして、ぎょっと目を丸くした。

「あれ？　い、いない……？」

たった今すれ違ったはずの子供たちの姿は荒れた道のどこにも見当たらず、しかも元気な声だけは聞こえていた。楽しそうにさんざめく声が遠ざかっていくのを聞きながら、伊緒は思わず隣の七郎を見上げて尋ねた。

「今の、どういうことです……？　確かにすれ違いましたよね？　でも」

「ここは人の里ではないですからね。たとえばほら、あの木の上の」

そう言って七郎が指さしたのは、荒れた古寺のような建物の向こうにそびえる一本杉だった。伊緒が目を凝らすと、里の中では飛びぬけて背の高いその木のてっぺん、今にも折れそうな細い枝に、赤茶けた着物を着た誰かが腰かけているのが見えた。

「あんなところに？　危なくないんですか？　と言うか、あの人は何を……？」

「何って、ただ座って山を眺めているんですよ。彼女は日がな一日ああしています」

「あ、女の方なんですね。でもどうしてそんなことを？　退屈じゃないんですか」

「彼女は天狗《てんぐ》であり、天狗というのは妖怪ですからね。妖怪というのは、得てしてそういうものでしょう。糸車を回し続けたり、とくに当てもなく漂ったり」

「は、はあ……なるほど、確かに……？」

分かったような分からないような声を伊緒は漏らした。「小豆洗い」が小豆を洗い、「砂かけ婆《ばば》」は砂をかけるように、妖怪には特定の行動を反復したり継続したりするものが多いということは知識としては知っているものの、実際に見せられたからといってそのまま理解するのは難しい。のどかで落ち着いた光景ではあるけれど、それでもここは自分の見知った世界ではないのだ。「昨夜も言いましたが、山のものたちのように、出会い頭に食いついてくるようなものはおりませんので、そこはご安心を」と微笑《ほほえ》む七郎の隣で、伊緒はこの世界の異質さを改めて実感し、早く帰らないと、という思いを強くした。

＊＊＊

それから十五分ほども歩いただろうか。「ここがヌシのお屋敷《やしき》です」と七郎が示したのは、奈良《なら》や京都《きょうと》の古い寺社を思わせる、巨大で古びた木造の建物だった。

かつては鮮やかだったのであろう瓦屋根や柱はすっかり色褪《いろあ》せ、彫刻は摩耗し、金箔《きんぱく》は剝落してしまっている。いかにも門番が立っていそうな門構えなのに門番どころか誰もいない。静寂な梅林に囲まれているせいもあってか、隠れ里という世界を構築し維持する強大な存在の住処《すみか》にもかかわらず、伊緒は廃村を散策中に無人のお寺に行き当たってしまったような気分になった。

「ここ……ですか？　ほんとに？」

「ええ。何か」

「だって、あんまりに静かでひと気もなくて……。もっとこう、番兵とか召使いとか、そういう人がぞろぞろいるものかと」

「昔はいたと聞きました。宮殿には大勢が詰めており、その中にはヌシから役職を与えられたものもいたとか。記録と報告を司《つかさど》る『語り部』、衣服を管理する『織部《おりべ》』、楽曲と舞を披露する『調部《しらべ》』……。僕が任じられている『護《まも》り部《べ》』という役も、本来はその一つだったそうです」

「へえ……。まるで宮廷みたいですね」

「ええ。ただ、それも今は昔の話。今はヌシしかおりません。この隠れ里の中であればある程度はヌシの思い通りになるわけですから、手足となって働く者がいなくとも不便はない、ということのようです。……では、少しお待ちを」

そう言って七郎は残った左目を閉じて眉根をぐっと寄せ、聞き取れないほどの小声をぼそぼそと漏らし始めた。え、急に何？　何を喋《しゃべ》ってるの……？　伊緒が戸惑いながら待っていると、七郎はややあって小さな息を吐き、傍らの伊緒を見下ろした。

「伊緒殿のことをお伝えしたら、上がってきてよいとのことでした。ただしお一人で来るようにと」

「あ、今ヌシさんと話してらしたんですね。便利ですね……って、え？　わ、私一人で行くんですか……？」

いかにも妖怪の世界らしい挨拶の方法に感心した直後、伊緒はぎょっと驚いた。すみません、と七郎が頭を掻《か》く。

「僕も一緒に事情を説明するつもりだったのですが……。ですが、まあ大丈夫でしょう。言葉は通じる方ですし」

「ほ、ほんとに大丈夫ですよね……？　いきなり取って喰《く》われたりしませんよね？」

伊緒は青ざめて七郎を見上げ、同時に、いつの間にか自分が七郎にすっかり気を許し、頼り切ってしまっていることに気が付いた。昨日はあれだけ警戒したのに現金なものだ。

不安そうな顔を向けられた七郎は、それはないと思いますが、と苦笑した。

「もし、どうしても心配だと言われるなら……そうですね、僕の残った目玉を渡しておくこともできますが」

「い、いいです、いいです！」

右目を指さす七郎に、伊緒は慌てて首を横に振り「目はもっと大事にしてください」と釘《くぎ》を刺した上で、短い石段の上にある閉ざされた板戸に目をやった。

一人でこの中に入ることに不安がないと言えば大嘘《おおうそ》になるけれど、これはあくまで自分の問題だ。ここまで案内して取り次いでもらえただけで充分ありがたいわけで、これ以上七郎に迷惑を掛けたくはない。というわけで伊緒は七郎に礼を言い、単身、ヌシの屋敷に足を踏み入れた。

「でも、どこへ行けば……わっ？」

薄暗い玄関で靴を脱いだ次の瞬間、周囲の光景が一変し、気付けば伊緒は広々とした座《ざ》敷《しき》に立っていた。

広さはざっと見て数十畳、照明もないのになぜか明るく、お香と酒の匂いが漂っている。その不思議な広間の最奥部、一段高くなったところに、長い髪の美少女が一人、しどけなく艶《あで》やかに……と言うか、だらしなく座っていた。

見たところ年齢は十代後半。鮮やかな黄緑の生地に金銀をあしらった派手な着物を着崩し、足を投げ出して伊緒をしげしげと見つめている。綺麗《きれい》な子だけどガラが悪いな……と伊緒が思ってしまったのと同時に、少女が口を開いた。よく通る声が広間に響く。

「何をきょろきょろしておられるのです」

「あ、すみません！　え。ええと、あなたが、ヌシ……ヌシさん、ですか？」

「いかにもわしがこの隠れ里のヌシでございます。お前が、七郎の言っておった、昨日迷い込んできたという人間でありましょうか？」

「は、はい。綿良瀬《わたらせ》伊緒と言います……申します」

いきなり瞬間移動させられたことで面食らってしまっていたが、立ったままではさすがにまずい。伊緒は慌てて畳の上に正座し、その上で改めて壇上の少女を見返した。

山中の異郷の主が年若い女性であるという事例は多く、日本だけでなく大陸の伝承にも散見される。こういうタイプのヌシは「姫神」や「女仙」などとも呼ばれ、古今の文学作品のモチーフとしてもよく使われる、いわば王道のパターンである。

なので女の子がヌシであることは納得できるのだが、類例が多いだけに正体を絞り込むのは難しい。この世界はどの話のものなんだろう？　というかお姫様みたいな身なりと口調なのに、一人称は「わし」で、相手のことは「お前」というのはどうにもそぐわない。口ぶりもどうにもぶっきらぼうだし、なんと言うか、育ちの良《い》いお姫様が色々あってやさぐれてしまったような印象を受けるけど……。そんなことを考える伊緒をヌシの少女はじろりと見返し、「残念ですね」ときっぱり吐き捨てた。

「久々の訪ね人がちびっこい娘とは。せめて男なら、まだ楽しみようもあったものも」

「た、楽しみよう？　ええと、それはどういう意味の……」

「そのままの意味でございますが？　トボシとばかりではさすがにお互いに飽きが来てしまいます故に」

「トボシ君？　じゃあ、あの子と、ヌシさんは、その、そ、そういう関係なんですか……？　そんな、どっちも若いのに」

「何を赤くなっているのです？　この世は広いのです、ヌシと木の子が恋仲になることもありましょう。……それで、ここに何の用なのです？　七郎の片目を奪った女子よ」

「どうしてそのことを……？　あっ、七郎さんから聞かれたんですか？」

「あの朴念仁がそこまで事細かに語るわけがございません。そもそも聞かずとも、わしはこの里とその周りで起こることは大体存じ上げております」

「そ、そんなことまでできるんですか……？」

「信用なさいませ。ヌシは嘘は吐《つ》きませぬ……いや、吐けませぬ」

驚く伊緒にヌシがきっぱり言い返す。がさつでぞんざいな物言いだが、そこはさすが大物だけあって有無を言わせぬオーラがある。押し黙った伊緒に、「それで？」とヌシが面倒くさそうに問う。

「わしに聞きたいことがあるそうですが」

「あ——はい！　そうなんです、実は……」

正座の姿勢を保ったまま、伊緒は訪問の目的を語った。

自分には元の世界でやることがあるし、家族や友人も心配しているだろうから、帰る方法を知りたい。そのためにはここに招かれた理由を探らねばならないらしいが、自分には心当たりがなくて困っている。前に来た人はいないのか、いたならその人はどうやって帰ったか、知っているなら教えてほしい……。

引っ込み思案で臆病な性格のおかげで説明はたどたどしいものだったが、ヌシは「まだるっこしい」「分かりにくい」「声が小さい」などと注文を付けながらも最後まで耳を傾けてくれた。やがて伊緒が話し終えると、ヌシはふむと独《ひと》り言《ご》ちた。

「事情は承知いたしました。お前が困っておるのも理解しましたし、それに、お前の言うように、以前ここに来て帰った人がいたのもまた事実」

「それじゃあ……！」

「しかし。只《ただ》で教えるのも芸がありませぬ。その先をお知りになりたいなら——そうですね。わしからの頼みごとを、一つ二つ聞いていただけますでしょうか？」

「た、頼みごと……ですか？」

ヌシに楽しげな視線を向けられ、伊緒は思わず眉をひそめた。ここで「聞かない」という選択肢はないけれど、この世界そのものを作って維持しているような大物相手に自分に何ができるというのか。不安に顔を曇らせる伊緒の前で、ヌシは、それはもう嗜虐《しぎゃく》的な、久々に面白そうなおもちゃを見つけたぞと言わんばかりの微笑を浮かべていた。

＊＊＊

「この玉に糸を通してみせろ？　ヌシはそう仰《おっしゃ》ったのですか……？」

ヌシの屋敷《やしき》の玄関先にて。石段に腰かけて待っていた七郎は、戻ってきた伊緒の話を聞くと眉根を寄せ、伊緒が持つ玉に顔を近づけた。

先ほどヌシから渡された半透明の玉の大きさは直径三センチほど。両極部分には数ミリの小さい穴が穿《うが》たれており、二つの穴がぐねぐねと曲がりくねったトンネルでつながっているのが透けて見えている。複雑に入り組んだトンネルを前に、七郎が座ったまま腕を組んで唸《うな》る。

「むう……。ヌシがどうしてそんなことを命じられたのか分かりかねますが、これは難しそうですね……。片方から糸の端を入れたところで、すぐにつっかえてしまう」

「ですよね……。でも、なんとかなるとは思います。この里、蟻《あり》っていますか？」

「蟻？　それは……虫の蟻のことですか？　ええ、探せばいくらでもいますが……しかしどうして」

伊織が案外困っておらず、いきなり昆虫の話を持ち出したことが不可解なのだろう、いっそう困惑する七郎である。伊織は七郎の隣、乾いた石段に腰を下ろし、「これ、民話だとよくある形式なんですよ」と口を開いた。

「偉い人が一見すると不可能そうな難しい課題を出してくるっていう、いわゆる『難題話』とか『難題問答』とか言われる種類のお話です。機転の利く主人公が自分の頓智《とんち》で解決したり、姥《うば》捨て山に捨てられるはずだったお年寄りが知恵で若者を助けて評価されたり、幾つかの類型があって……。頓智話系だと、『この橋渡るべからず』って書かれた橋を渡るとか、屏風《びょうぶ》の虎を縛ってみせろ、みたいなお話が有名ですね」

「ああ、それはトボシから聞いたことがあります。端ではなく真ん中を歩いたり、だったらまず虎を出してみろ、と言い返すという……」

「それです。出される難題にもパターン……型があって、曲がりくねった穴に糸を通させるのもその一つなんです」

ヌシから授けられた玉を持ったまま伊織はそう語り、知ってるやつで良かったです、と安堵《あんど》した。隣に座っていた七郎が、左目を丸くして感心する。

「なるほど……！　さすが伊緒殿は物知りですね」

「え？　そ、そんな、ですから、私なんか全然です……！　たまたま知っていただけですし、こんな知識があっても役に立つことなんか……」

「今実際役に立っているではありませんか」

「あ。そっか。そうですね」

「そうですよ。それに、知識というのは、役に立つことを知っていれば偉くて、役に立たないことしか知らないから偉くないというものでもないでしょう。なんであれ知らないよりは知っている方がずっといい。知識は、心を豊かに、視野を広くしてくれるものですからね」

「へえ……！　す、素敵な考え方ですね……！」

「お恥ずかしい」

伊緒に尊敬のまなざしを向けられた七郎は恥ずかしそうに苦笑し、それで、と話題を元に戻した。

「具体的にはどうやって糸を通すのです？　蟻が関係しているのですか？」

「あっ、はい。私が知っている話だと、穴の端に砂糖か蜜を塗って、もう片方の穴に糸を結んだ蟻を入れるんです。すると……」

「蟻が穴の中を通って出てくるというわけですか。さすが伊緒殿！　その発想はありませんでした」

「で、ですから私が考えたわけじゃなくて、ただ知ってるだけなんですって……。実際にやってみたことはないので、上手《うま》くいくか分かりませんし」

「では実際に試してみましょう。まずは糸を手に入れないと、ですね」

気弱になる伊緒に七郎が優しく微笑《ほほえ》みかける。片目の眼帯は痛々しいが、木漏れ日が照らす笑顔は朗らかで純朴で、伊緒は思わずはっと見入り、そしておずおず問いかけた。

「七郎さん、もしかして、ちょっとうきうきしてます……？」

「気付かれてしまいましたか。面目ない」

見つめられた七郎は照れくさそうに頭を掻《か》き、どこか遠い目になって「何かに挑戦するというような出来事は、ここではそうそうありませんからね」と言い足した。

というわけで伊緒は、妙にやる気を見せている七郎に連れられ、糸を手に入れるべく里の一角にある小さな一軒家を訪れた。家の中からはカラカラと何かを回す音がずっと響いていたが、七郎が「ごめんください」と呼びかけると音は止《や》み、「はあい」とおっとりした女性の声が返ってきた。へえ、と伊緒が感心する。

「七郎さん、ここでは普通に挨拶されるんですね」

「思念で呼びかける必要があるのはヌシのお屋敷くらいですよ。まあ、あそこも普通に呼んでもいいのですが、ヌシがうるさがるので」

「覚えておきます。と言っても私の場合、声を出すしかないですけど……」

そんな会話を交わしている間に板戸がカラカラと開き、焦げ茶色の着物姿の若い女性が現れた。垂れ目がちな優しげな風貌で、背丈は伊緒より頭一つ高く、見た目の年齢はおそらく伊緒と同じくらい。いかにも人の好《よ》さそうなその娘は、七郎の姿を見るなり、柔和で温和な声を発した。

「こんにちは護り部さん。今日もいいお天気ですねえ。こちらの娘さんは……ええと、どこかでお会いしましたっけ？」

「いえ、私は昨日ここに来たばかりなので……。初めまして。綿良瀬伊緒と申します」

「これはこれはご丁寧に。苗字《みょうじ》をお持ちなんて凄《すご》いですねえ。キヌと申します」

伊緒の自己紹介を受けた娘がぺこりと一礼する。伊緒が頭を下げると、キヌと名乗った娘はもう一度礼を返し、まじまじと伊緒の顔を見た。

「随分お若いようですけど、お幾つですか？」

「ええと……昨日、二十歳になったところです……。見えないかもしれませんが」

「まあ！　じゃあお姉さんですねー」

「というとキヌさんは」

「十九ですー。わたし、十九の歳《とし》で殺されたんですよねえ。だから、去年も今年もずうっと十九歳なんです」

重たい話をさらっと告げるキヌである。いきなり告げられた辛《つら》い身の上話に伊緒は絶句し、同時に「知ってる」と心の中でつぶやいていた。

十九歳で殺された娘が自身の殺害現場である岩場に毎夜現れ、「去年も十九、今年も十九」と歌いながら糸車を回す……という怪談は、昔話集や民話を採録した学者のエッセイなどで読んだことがある。その音がぶんぶんと響くことから、確か話のタイトルは――。

「ぶ、『ぶんぶん岩』の方ですか、もしかして……？」

「はい。成仏できないまま妖怪になってしまって、工事とか開発であちらに居場所がなくなったので、ここに住まわせてもらってるんですよー。それにしても、よくご存じでしたねえ。余り知られてないお話なのに」

「この伊緒殿は博識なのですよ」

感心するキヌに向かって七郎が嬉《うれ》しそうに告げる。ですから私はそんな大したものでは、と照れる伊緒。その後七郎が事情を説明すると、キヌは伊緒に深く同情し、喜んで糸を一巻き提供してくれた。感謝を述べる伊緒に対し、キヌはいえいえと優しい笑みを返した。

「わたしは糸車を回す妖怪でしょう？　だから毎日糸を紡いでいますし、それは全然苦にならないんですけど、でも使う当てもないから溜《た》まる一方なんですよねえ。使ってもらえると嬉しいんです」

「なるほど……。じゃあ、ありがたく使わせていただきます」

「どうぞどうぞー。あ、でも……」

「でも……？　どうかされました？」

「その糸があれば、伊緒さんは、ヌシが出された課題を解いて、あちらに帰ってしまわれるわけですよね？」

「え、ええ……。上手くいくかどうかまだ分かりませんけど、そうするつもりです。それが何か……？」

「はいー。せっかく同じくらいの年頃の方が里に来てくれたのに、すぐ帰っちゃうのは寂しいなあって思いまして。お話しできる方もずいぶん減ってしまって、今ではもうヌシの他には、護り部さんとトボシ君しかいないじゃないですかー？」

糸巻を手にして訝《いぶか》る伊緒に、キヌが頬に手を当てておっとりと問いかける。あっさり告げられたその情報に、伊緒は「えっ？」と目を丸くした。

「この里の人って、そんな少ないんですか……？　ヌシさんを除くと三人だけ……？」

であればそれはもう、過疎とか限界集落とか呼べるレベルをはるかに超えている。驚く伊緒に七郎がうなずく。

「しっかり実体があり、意識も記憶もはっきりしていて、対話が可能という条件を付けると、そうなりますね。先ほどすれ違った子供たちや木の上の天狗《てんぐ》の彼女も、立派な里の住人ではあるんですが、話し相手にはなってくれませんから……」

「でも、昨夜、空から見た時は、窓の光がもう少し多かったと思うんですが」

「夜だけ出てくる方もいますから。と言っても姿は見えませんが」

「ですねー。昔はもう少しお話しできる方もいらっしゃったんですけど、皆さん、どんどん薄れちゃうから」

「『薄れる』……？　薄れるって、どういう……？」

「そのままの意味ですよー。軽くなって、霧みたいに透けていったり、声を掛けても通じなくなったりしていって、ある日、ふっと消えちゃうんです。ここは、そういう場所ですから」

戸惑う伊緒にキヌが答える。そのあっさりした返答に伊緒はいっそう面食らった。

「それ、どうにかしようとか思わないんですか……？」

「そりゃあ、防げるものなら防ぎたいですけど。ねえ」

「ええ。それはそうですが、これぱかりは……。自然の摂理ですからね」

困ったように微笑むキヌの言葉を七郎が受け、やるせなさそうに肩をすくめる。どうやら里の住人にとっては周知の事実のようだったが、伊緒にとっては初耳だ。伊緒は驚き、そして考えた。

キヌの言葉が真実なら――七郎のリアクションからしても嘘《うそ》ではないのだろうが――七郎たちもいつか薄れて消えてしまうのだろうか。いや、それよりも、「そういう場所」にいる以上、自分もいずれ希薄化し、自分が誰だったのかも忘れてしまって、消えることになるのだろうか……？

思わず考えてしまった未来図に、伊緒の体がぞくりと震える。ここはやはり自分の常識が通じる世界ではないし、長居すべき世界でもないらしい。そのことを再認識した伊緒は、決意を新たにしながらキヌから受け取った糸を握り締めた。

その後、伊緒は七郎ともどもキヌに別れを告げ、宿屋に戻って厨房《ちゅうぼう》で少量の砂糖を入手、さらに縁の下で蟻を捕まえた。これで必要な物は揃《そろ》ったので、後は昔話に倣うだけである。

とは言っても、蟻《あり》に糸を結ぶのはそう簡単ではなかった。虫が苦手な伊緒が蟻に触れなかったり、伊緒が内心期待を寄せていた七郎がかなり不器用であることが判明したり、そのことを知られた七郎がひどく落ち込んでしまって伊緒が必死に励ましたりと、まあ色々あったのだが、見かねたトボシが手を貸してくれたおかげで、一同は玉に空いた曲がりくねった穴に糸を通してみせることに成功した。

西日の差し込む宿屋の土間で、伊緒と七郎は顔を見合わせて喜んだ。

「やった……！　ありがとうございます、七郎さん！」

「やりましたね伊緒殿……！」

「何を二人で成し遂げたみたいな空気出してるんだよ。ほとんどおいらがやったんじゃねえか」

「それは確かに」

「そうだね……。ありがとうトボシ君」

呆《あき》れるトボシに七郎と揃って苦笑を返し、その上で伊緒は改めてしっかり糸の通った玉を見た。おめでとうございます、と七郎が満足そうに言う。

「これならヌシも文句は言えないでしょう。ようやく元の世界に帰れますね」

「ですね……！」

七郎の労《ねぎら》いに伊織がほっと溜息《ためいき》を吐く。ここが昔話のセオリーで動いている世界であるなら、自分の出した難題を解かれたヌシは必ず約束を守るはずだ。伊緒は深く確かな安堵《あんど》を感じ、同時に、「でも」と心の中でつぶやいていた。

——せっかく同じくらいの年頃の方が里に来てくれたのに、すぐ帰っちゃうのは寂しいなあって思いまして。

昼間に聞いたキヌの言葉が脳裏に響く。

早く帰らないと、という思いに変わりはない。だが、この隠れ里には、自分を無償で助けてくれた上に自分の滞在を望む人がいて、そして目の前の七郎にも自分は世話になりっぱなしだ。トボシにだって助けてもらった。なのに、このまま恩を受けるだけ受けて帰ってしまって、本当にいいのだろうか……?

結果から言ってしまうと、伊緒のその懸念は全くもって無意味であった。

翌日、糸の通された玉を伊緒から差し出されたヌシは、それを一瞥《いちべつ》しただけで無造作に傍らに転がし、新たな課題を出してきたのである。

「よろしい。では次です」

「つ、次……?」

「何か不満でも？」

「だ、だって、ヌシさん、玉に糸を通したら、帰る方法を教えてくれると……」

「お黙りなさい。わしにしてみれば、人間を相手にするのは相当に久しぶりなのですよ？　やっと勘が戻ってきたところなのですから、もう少し付き合っていただきます。さてさて、次は何にいたしましょうか」

おずおず反論する伊緒にヌシが言い返し、くふふ、と意地悪そうに微笑んだ。元来気の弱い伊緒は、この手の押しが強いタイプとは圧倒的に相性が悪い。理不尽だとは思ったものの、それを口に出せるはずもなく、伊緒はただ押し黙ることしかできなかった。

で、でもほら、昔話でも難題が続くパターンはあるにはあるし、ヌシさんも最初に「一つ二つ」って言っていたし……。だから次こそは大丈夫なはず。きっと！

楽しそうに思案するヌシの前で、自分で自分に言い聞かせる伊緒である。

だが、その見込みも空《むな》しく、ヌシの難題は第二問でも終わらなかった。

曰《いわ》く、灰で作った縄を持ってこい、角材の上下を当ててみろ、打たなくても鳴る太鼓を見せよ……。いずれも伊緒が解法を知っている問題ばかりだったが、喜んでばかりはいられない。新しい難題を課される度に、伊緒は七郎の手を借りて必要な物品を揃えねばならなかった。キヌが同情して手伝ってくれたおかげもあって、そこはなんとかクリアできたのだが、答を準備しても、その後もまた難航した。

今度はヌシが「今日は気乗りがしないから二、三日後に。その時に気が向いたら相手をして差し上げます」などと言うようになり、追い返されることも増えてきたのだ。どうも飽きてきたらしい。

「うう……。いつ帰れるんでしょう、私……」

夕日が照らす宿屋の縁台で、伊緒がしょんぼりと肩を落とす。その傍らには、「打たなくても鳴る太鼓」こと、くりぬいた木の幹に薄い皮を張り、中に大きな蜂を数匹入れたものが転がり、時折音を響かせている。隣に座っていた七郎がやるせなく相槌《あいづち》を打つ。

「そうですねえ……。これも早く見ていただかないと、中の蜂が弱って音を出さなくなってしまう」

「ですよね……。というか、もう七問目ですよ？　一つ二つって言ったのに、それに、ヌシは嘘を吐けないとも言ったのに……！　あれがそもそも嘘だったんでしょうか？」

「それはないと思うのですが……」

すがるように問いかけた先で七郎は困った顔で言葉を濁し、その上で伊緒を見返した。

片方しかない目でしげしげと見つめられた伊緒が戸惑う。

「な、なんです……？」

「ああ失敬。伊緒殿も随分馴染《なじ》んできたなあと思いまして」

「そうですか？　あ、いや……そうですね」

思わず問い返した直後、伊緒はあっさり七郎の言葉を認め、自分の姿を見下ろした。

今の伊緒が纏《まと》っているのはニットやスカートではなく深緑のシンプルな着物であり、履物も靴下にローファーではなく足袋に丸下駄《げた》であった。いずれも宿屋の自室から拝借したものだ。

着物の着方は一応習ったことはあるし、本で得た知識もあるにはあるものの、普段着として和服を着る習慣は伊緒にはない。なので最初はあくまで洗った私服が乾くまでの間だけ着るつもりだったのだが、慣れてしまえば案外動きやすいし、ここでは適当に着ていても怒られないし、何より、小心者としては周囲が和服の環境では自分も着物の方が落ち着くわけで、最近ではすっかり和装が当たり前になっていた。なお、下ろしていた髪はひとまとめに編み込んで後ろに垂らすようにしていた。いわゆるフィッシュボーンである。

朝起きると寝間着からこの姿に着替え、池で顔を洗って髪を結んだ後、七郎の髪を梳《す》いてから縛って眼帯を付ける……というのがここしばらくの伊緒の朝の日課になっていた。

吹き抜けた風に踊った七郎の後ろ髪の先が自分の肩に触れるのを感じながら、伊緒はしみじみうなずいた。

「確かに、馴染んできちゃいましたね」

「でしょう。見ていても分かりますよ。近頃の伊緒殿は、安心されていると言うか、焦りが薄れてきたように思えます」

「焦りが……？」

「ええ。最初の頃の伊緒殿は、何としても早く帰らないと、と焦っておられたでしょう？　でも今は——これは良《い》い変化なのかどうか分かりませんが——そこまで切羽詰まっているようには見えません」

「それは確かに……」

七郎と並んで山に沈む夕日を眺めたまま、伊緒は再度うなずいた。焦らなくなってきていることは自分でも認識している。不思議な話だが、ヌシに何度もすっぽかされたりはぐらかされたりしているうちに、あんなにもどかしかったはずの待ち時間が、それほど苦にならなくなってきたのだ。

最初こそ、この里や里の住人たちに異質さを感じて身構えてしまっていたが、伊緒に直接危害を加えてくることはないということを体感的に理解してからは、自然体で過ごせるようになっていた。伊緒の懸念を聞いた七郎が「人間は妖怪たちのように薄れて消えることはないはずです」と明言してくれたこともあり、来たばかりの頃と比べるとだいぶ気が楽になっている。ふう、と一つ息を吐き、伊緒が笑う。

「実を言うと……今、向こうの世界に居た頃よりも解放されてる気がするんです」

「そうなのですか？」

「ええ。私、こんな風にのんびり過ごしたことってありませんでしたから……。いつも、こんなことしてていいのかな、あれをしなくちゃ、これをしなくちゃって思ってて……。でも、ここはそういうのがないじゃないですか」

「しかし伊緒殿にはヌシから課された難題があるのでは」

「あるにはありますけど、あっちの世界のことを思うと緩いですよ。おかげで気持ちが一新されたような――って、あ！　もしかして、ヌシさんはそのことをわたしに気付かせたくて……？」

「いや、あのヌシはそういう気遣いはしないと思います」

目を丸くした伊緒の推論を七郎がばっさり否定する。そうですか、とうなだれる伊緒に七郎は笑いかけ、「しかし」と腕を組んだ。

「ヌシが嘘を吐くというのはどうにも解《げ》せないのですよね……。いくら気まぐれで自分勝手な存在ではあっても、僕の知る限りヌシは約束は守る――守らなければならない存在のはずなのです。それが土地を預かるものの責であり、課せられた定めですから」

妙に実感の籠もった口調でそう言うと、七郎ははっと目を輝かせた。

「もしかして、それが何か手掛かりになるのではありませんか？　伊織殿の知識と照らし合わせれば、この世界の素性、ひいては戻る方法も」

「い、いえ……。あいにく、全然、です……。何回も言いましたけれど、私、そこまで詳しいわけではないので」

伊織が力なく苦笑し、首をゆっくり左右に振る。実際、ヌシの容姿や言動から、この隠れ里がどの物語をベースにした世界なのか分析してみようとしたことは何度もあったが、説得力のある答は何も思いつけないままだ。「綺麗《きれい》な女の子がヌシというだけだと、ヒントが少なすぎるんですよね」などとぼやいているとそこに「やっぱりここにいたか」と笠を着けた少年が現れた。

トボシである。例によって恋人であるヌシの屋敷《やしき》で爛《ただ》れたことをしてきたのだろう、濃厚な酒と白粉《おしろい》とお香の匂いを漂わせる少年に、伊織は「お帰りなさい」と挨拶しつつ眉をひそめた。

「またすごい匂いだね……」

「日中からそういう行為にふけるのは僕はあまり感心しませんよ」

「相変わらず兄貴は堅いね。姉ちゃんもそんな顔しなさんな。別に人を殺して食ってきたわけじゃなし、誰かに迷惑かけたわけでもなし」

「だって、子供がそういうことするのって」

「こっちは姉ちゃんよりずっと長生きしてるんだよ。こんな何もないところなんだから、それくらいしかやることないわけで……」

かなり酒が回っているのだろう、赤ら顔のトボシが機嫌よく伊緒の隣に腰を下ろす。ぷんと漂う酒と女性の匂いに伊緒が少し身を引くと、トボシはそのリアクションが面白いのか伊緒を見上げてニィッと笑った。お酒臭い、と伊緒が言う。

「あのね、トボシ君……。君は確かに私より年上かもしれないけど、でも、体は子供なわけでしょう？　やっぱりお酒は良くないんじゃない……？」

「だって美味《うま》いんだから仕方ねえじゃん。気持ちいいんだよ、右から左からかわるがわる口移しで飲ませてもらうの」

顔をしかめる伊緒の隣でジェスチャーを交えてトボシが語る。セクハラするおじさんか。

伊緒は思わず眉をひそめ、直後「えっ？」と目を見開いた。

「トボシ君。今、なんて」

「はい？　何が？」

「今、『右から左からかわるがわる』って言ったよね？　君の恋人……この里のヌシって、

「一人じゃないの？」

息を呑《の》んだ伊緒がトボシを凝視し問いかける。まじまじ見据えられたトボシは不可解そうに大きく首を傾《かし》げ、そして「あ！」と叫んで口を押さえた。

「やべ！　気付くまで言うなって言われてたのに……！」

「えっ？」

「あ、あの……どういうことです？」

おずおず立ち上がった七郎が、青ざめるトボシと真剣な顔の伊緒を前に困惑する。だが伊緒はそれに答えることなく、トボシを見つめたまま質問を重ねた。もしかして、と心の中で声が響く。もしかして、これってこういうことなのか。

「トボシ君。この里のヌシは一人だけじゃないのね。もしかして、同じ顔の四人の姉妹なんじゃない……？」

「……え。そ、それは、まあ……」

「伊緒殿、ご存じなかったのですか？」

トボシが目を逸《そ》らしてはぐらかすのと七郎があっさり答えるのは同時だった。やっぱり！　伊緒が思わず拳を握る。

「私がお屋敷に行った時はいつも一人だったんです。だから、ずっと同じ人に会ってると思い込んでいた……思い込まされていた……！　そうだよね、トボシ君？」

「そうだよ畜生！　もう隠しても仕方ないから言うけどさ、ヌシは全部で四人いるんだ。見た目はそっくりでマジで見分けがつかなくて、多分、意識や記憶も共有してる。姉ちゃんには言うなって言われてたんだよね、『帰る方法なんて教えてやる気はさらさらございませんし、そもそも存じませんが、必死になるのを見るのは楽しゅうございます』って。『久しぶりに人間をからかう面白さを思い出しました』とも言ってた」

「そんな理由で……？　と言うか、教えるつもりなかったの？　……でも、ありがとう」

「ありがとうって何が」

「……だって、それで分かったから」

今、伊緒の中では、からかわれていたことへの怒りよりも、筋が通ったことの快感の方が勝っていた。そういうことなら、嘘を吐けないはずのヌシが「一つ二つ」と明言しつつ難題を何問も続けて出してきた理由も分かる。一人当たり一つ二つの課題を出すと明言しておけば、最大八つまで出せる計算になるわけだ。

そして、分かったことがもう一つ。パズルのピースが繋《つな》がっていく興奮を感じながら、伊緒は七郎に問いかける。

「七郎さん。この宿って、客室は全部で十二あるんですよね。それで、そのうち一つは開けてはいけない」

「はい？　ええ、そうですけれど……しかし、それが何か」

「分かったんです。美しい四人姉妹のヌシが維持する不思議な世界、開けてはいけない十二番目の部屋……。ここは、『うぐいす浄土』の世界なんです……！」

「うぐいす浄土？」

「はい！　隠れ里系の民話の一つです。不思議な屋敷に招き入れられた男が、そこに住む美しい四人姉妹にもてなされるというお話で、男はそこで夢のような時間を過ごし、娘の一人と結婚しますが、ある日、姉妹が男に留守番を頼んで出かけるんです。姉妹は、退屈になったら十二ある座敷《ざしき》を順に覗《のぞ》いてみなさい、ただし開けてはいけない座敷が一つだけあります、と言い残す。残された男が一番目から順に座敷を覗いてみると、それぞれに異なった月の景色が広がっている……」

「ははあ。月に応じた部屋が十二室あるという趣向なわけですか。……ん。それって、この宿の部屋と同じ……？」

「そうです！　七郎さんの部屋は霜月――十一月で、私の部屋は長月、九月ですよね。多分ですけどこの建物は、そのお屋敷と同じものだと思うんです。十二の座敷だけをヌシのお屋敷から切り離して独立させたのが、ここなんですよ。だから宿屋の名前が『十二座敷』なんです」

「おいらの部屋は皐月《さつき》だから五月に対応してるってわけか。てか、話のオチがまだなんだけど？　その男はどうなったんだよ」

「あ、うん。あのね、十一部屋を覗いた男は好奇心を抑えきれなくなって、最後の座敷を覗いてしまうの。すると次の瞬間、座敷も屋敷も何もかもが消える。約束を破ってしまいましたね、私たちはうぐいすの精だったのです……という姉妹の声だけが聞こえたかと思うと、男は何もない野原に立っていた」

「ははあ。そういうお話があるわけですか」

「はい。すごくバリエーション……種類の多いお話で、入ってはいけない座敷が二月だったり十二月だったり、屋敷にいるのが姉妹ではなく一人娘だったり、部屋の数が十二ではなく四季に対応した四部屋だったり、十三だったり、いろんな形があるんです。お話のタイトルも、『うぐいす長者』や『見るなの花座敷』など、いろいろあるんですが——」

　こんなタイミングで答が降ってくるとは思っていなかったため、興奮のあまり声が震えて上手《うま》く言葉になってくれない。だが七郎にはしっかり意図が伝わったようで、隻眼で長髪の護り部ははっと短く息を呑み、なるほど、とうなずいた。

「……要するに、伊緒殿がここを開けさえすれば、元の世界に戻れるわけですね」

「え、ええ、多分……。いいえ、きっと……」

七郎の部屋のさらに奥、消えかかった字で「師走《しわす》」と記された木札を掲げた部屋の前で、伊緒はこくりとうなずいた。ここに来た時の洋服に着替え、靴を手にした伊緒の姿を、ついてきたトボシがしげしげと見上げる。

「その格好見るの久々だよなあ。着物の方が似合ってたのに。てか姉ちゃん、なんでそんな深刻な顔してるわけ？」

「えっ。し、深刻な顔？　そんな顔してる……？」

「してる。やっと帰る方法分かったわけでしょ？　もっとわーいって喜びなよ。それとも嬉《うれ》しくないの？」

「う、ううん、そんなことはないよ。ただ、あまりに急だから……。それに、このまま帰ってしまっていいのかなって」

「どういうことです？」

七郎が不可解そうに眉根を寄せる。伊緒は「だって」と声を発し、隣に立つ七郎の姿を――その失われた右目を覆う眼帯を――見た。

既に見慣れた姿であるとはいえ、その片目が欠落し、記憶の一部まで失ってしまったのは、ひとえに自分のせいなのだ。罪悪感に苛《さいな》まれながら伊緒は続ける。

「私、ここに来てから、七郎さんには本当にお世話になりっぱなしで……。それにキヌさんたちにも助けてもらったのに、このまま、何もしないで帰ってしまっていいんでしょうか……？」

「今さら何を……？」

「だって、七郎さんの記憶もまだ戻っていないわけでしょう？　理由も分からないまま助けてもらってそれであっさり帰るなんて、やっぱり」

「ですからあれは僕が自発的にやったことです。気に病まないでくださいと何度も申し上げたはずです。伊緒殿の世界はあちらなんですから、帰れる時に帰るべきです」

「それは……確かに、そうですが……」

語尾を濁し、目を逸らし、伊緒は何の変哲もない障子戸を前に沈黙した。

そして考えること数十秒、伊緒は「うん」と自分で自分にうなずき、口を開いた。

「……私、やっぱり止《や》めます」

「えっ」

「だって、このままだとひどすぎると思うんです……。七郎さんに全然恩を返せてないのに、このまま帰るなんて駄目だと思います……ううん、駄目です！　帰れる方法が分かったんですから」

「まさか、僕に恩を返しきるまでここに残る、と」

「はい。……だ、駄目ですか……？」

「当然でしょう。ここはあなたのいた世界とは違うんです。ここでは伊緒殿の常識が通用しないことはもうご存じのはず。今のところは平穏ですが、危険な妖怪が現れることもありますし、さらに言えば世界そのものも不安定」

「で、でも、だからって」

「まだるっこしいなあもう！」

七郎と伊緒の口論にふいにトボシが割り込んだ。「ほんとめんどくせえ」と言い切った小柄な少年は、無造作に伊緒の手を摑んで引手にあてがい、そのまま入り口を引き開けてしまった。

え、と響く伊緒の声。その手に拍子抜けするほど軽い手ごたえが伝わる中、襖が横にスライドし、十二月の部屋特有の冷えた空気が廊下に流れ出る。

「あ。あっ……！」

開けてしまったという事実に伊緒はびくんと身を強張《こわば》らせ、思わず両目を強く閉じた。

七郎が大きく息を吞む音を聞きながら、伊緒は、これでこの世界とはお別れだと、そう覚悟したのだが――。

「あ、あれ……？」

恐る恐る目を開けてみると、あたりの光景は全く変わっていなかった。

目の前にあるのは自室と同じ昔の旅館のような和室であり、あれ、と首を傾げる七郎も、伊緒の右手を摑んでいるトボシも、一瞬前のままである。

「私、元の世界に……帰って……ない？　帰ってませんよね、七郎さん……？」

「え、ええ……。そのようですが、しかしどうして」

「忘れたのかよ。隠れ里から出る方法は招かれた理由と対応してるんだ。まあ、開けちゃいけない座敷を開けるのは、あくまで招待された野郎にだけ適応される条件で、姉ちゃんはその限りじゃないってことなんだろうね」

戸惑う二人を見比べながらトボシが語り、「正直、そんなことだろうと思ってた」と言い足した。そうなのか。伊緒はぱちぱちと目を瞬《しばた》いた後、七郎と顔を見交わした。

「でも、だったら、どうして『開けてはいけない』なんてルールを……？」

「さあ……」

「知らねえよ。『そういうものだから』ってことじゃねえの？」

「そんな……。じゃあ、また帰る方法を一から探さないといけないんですね……」

「そういうことになるようですね。お察しします。お気を落とされませんように」

「い、いえいえ……。と言うか、正直、私、ちょっとほっとしてるんです。まだここにいられるんだって」

声を抑えながら伊緒がぼそりと自嘲する。それを聞いた七郎は残された片目を意外そうに見開き、「実は」と照れくさそうに口を開いた。

「僕も少し安心してしまっています。まだ伊緒殿がいてくださることに」

「そ、そうなんですか？」

「ええ」

驚く伊緒の視線から目を逸らし、恥ずかしそうに苦笑する七郎。そんな顔をされると伊緒も恥ずかしくなってくる。頬を赤く染める二人を見て、トボシは「似たもの同士なことで」と盛大に呆《あき》れた。

ある日のこと、娘がいうた。

「おら、これからどうしてもいかねばならん用事があって出かけるから、留守番をしていてくろ」

「いいとも、いいとも」

「このうちには、奥に十二の座敷がある。十二月の座敷だから、ひとりで退屈したらあけて見てもよいけれど、二つめの、二月の座敷だけは決して見てくださるな」

そういうて娘は出かけていったてや。


(「見るなの花座敷」より)

第三話

山の呼び声

ある日の昼下がり、伊緒《いお》と七郎《しちろう》が連れ立って里を歩いていると、道端の民家から柔らかい声が投げかけられた。

「ご苦労様ですー」

二人に呼びかけたのは、開け放たれた雨戸の中で糸を紡いでいたキヌである。いつものように糸車を回していたキヌは、歩み寄って挨拶した七郎たちに深々とお辞儀を返し、ほっこりとした笑みを浮かべた。

「今日も見回りですかー？　護《まも》り部《べ》さんも大変ですねえ」

「ありがとうございます。と言っても、平和な里なので、ほとんど散歩しているようなものですが」

「平和なのは、護り部さんが毎日見回ってくださるからこそですよー。わたしのような弱い妖怪には、すごく心強いです。それに伊緒さんも、毎日の護り部さんのお供、本当にご苦労様ですー」

「そんな、お供だなんて……。私はただの付き添いと言うか、最近ではもう付き添いですらないと言いますか……」

キヌの労《ねぎら》いに伊緒は困ったような笑みを返した。確かに、伊緒がこうして七郎の右隣に並んでいるのは、自分のせいで視界が半分になってしまった七郎を助け、いざという時には支えるためである。だが七郎はもう片目生活にかなり慣れており、初めの頃のようにいきなり躓《つまず》くようなことはほとんどなくなっていた。

でもまあ伊緒には同行を控える理由はないし、七郎としても、里で唯一の人間であり、理由は思い出せないものの守護の対象である伊緒は目の届くところにいる方が安心できるらしいのでこうして横にいるだけで、別にいないといけないわけでもなく……。

そのようなことをごにょごにょと説明した上で、伊緒はキヌのいる四畳半の和室を見回した。

「今日は雨戸を開けてるんですね」

「いい天気ですからねー。風を通そうと思って」

「確かに、いい天気ですもんね……」

そうキヌに同調し、伊緒は屋根越しに空を見上げた。昨日までは数日雨が続いていたのだが、今日の空は「蒼天《そうてん》」という言葉を具現化したようなスカッとした青色で、里を囲んだ山々の深緑もよく映えている。春めいた光景だなあと伊緒は思い、その直後、ここの季節が未《いま》だによく分からないことに思い当たった。ここに来て一月半ほど経《た》っているのに、平均気温や日照時間はずっと同じままなのだ。

「あの、今更ですけど……。ここの季節って変わるんですか？」

「変わりませんよー？　何しろ隠れ里ですからねえ。ですよね、護り部さん」

「ええ。今のこの感じ……僕の体感で言うと、三月下旬から四月初旬ごろの気候で固定されているみたいです。蛇としては冬がないのはありがたいですね。もう少し暖かいとなお嬉《うれ》しいんですが」

「な、なるほど」

「でもですね、一年に一回、梅はちゃんと咲くんですよねえ。あれで、ああ今年も一年が経ったなあって気付くんです。まだしばらく先ですけど、綺麗《きれい》ですよねー」

「ええ。あの時期のこの里はとても美しいですよ。ぜひ伊緒殿にもお見せしたい」

「へえ……！　それは見てみたいですね……」

梅の咲き乱れる隠れ里の風景を思い浮かべながら、伊緒はあたりを見回した。

花がちらほら咲いてはいるし、虫や動物も元気だが蟬《せみ》は鳴いていない。体感気温や日照時間からしても、春先の気候というのは納得だ。

過ごしやすさを重視するなら秋でも良さそうなものだが、あえて春、しかも梅はちゃんと咲くというのは、やはりヌシがうぐいすの精で、うぐいすと言えば春だから、ということだろうか？　そんなことを考えていると、先日ヌシにからかわれた記憶が蘇《よみがえ》ってしまい、伊緒はくたびれた溜息《ためいき》を落とした。

見るなの座敷《ざしき》を見ても帰れなかった日の翌日、伊緒が「帰り方を教える気はなかったって本当ですか？」と聞いてみたところ、同じ顔を揃《そろ》えた四姉妹の返答は「気付くのが遅うございます」「その先を知りたかったら頼みごとを聞けと言っただけで、お前の知りたいことを知っているとは申しておりません」「そもそも帰り方とか存じませんし」「招いたつもりもないのに勝手に来ておいて」「追い出さないだけありがたく思いなさいませ」といったものであった。げんなりと肩をすくめる伊緒を見て、あらあらとキヌが労《いたわ》るような顔になる。

「その様子だと……帰る方法探し、芳しくないようですねえ」

「はい……。話を聞ける方もいませんし、自力で調べるにしても何をしていいのか分からなくて、もうお手上げです」

「じゃあ、毎日退屈ではないですか？　私は糸を紡ぐ妖怪ですから、糸車さえあれば手持ち無沙汰になることはありませんけど、伊緒さんはそういうわけにもいかないでしょう？　あの宿屋、ご飯も勝手に出てくるんですよね」

「はい……。なので、なんだか申し訳なくて……。ありがたいんですけど、ただ食べて寝るだけのお客のままでいいのかな、それは良くないよね、って」

「そうは言われますが、伊緒殿は案外忙しそうなのですよ」

口を挟んだのは七郎だった。「そうなんですかー？」と問いかけるキヌに、伊緒は、ええ、と苦笑いでうなずき「やることを作ってるんです」と続けた。

十二座敷は確かに衣食住を保証してくれるが、こちらの要望に完全に応じてくれるわけではない。なので、新しいことをやろうと思うと、自分で探したり作ったりする必要が出てくるのである。

たとえば伊緒は先日から日記を付けているのだが、紙や筆記具はヌシの屋敷《やしき》の蔵を――真っ暗で広い魔窟のような場所を――探し回って見つけないといけなかったし、代わり映えのしない献立に飽きたなら食材を調達したり味付けを工夫したりしなければならない。

やること、やれることは探せばいくらでも出てくるのだ。

「そういうわけで、今は七郎さんに草鞋《わらじ》の編み方を教わっているところなんです。私、不器用なので、なかなか覚えられませんけど……」

「そんなことはありませんよ。ろくに覚えようとしないトボシよりよほど優秀です」

「楽しそうですねえ。わたしに教えられることがあったら、いつでもなんでも言ってくださいね？　糸の紡ぎ方のことなら、いくらでも教えちゃいます」

「糸限定なんですね……。でも、ありがとうございます」

現実世界だったら草鞋の編み方以上に実用性のないスキルな気もするが、この里で長く暮らすとなれば、繕いものや縫い物用に、あるいはまたヌシが難題を出してきた時に備えて、糸を自分で紡げるようになっておくのはいいことだ。「その時はよろしくお願いします」「喜んでー」という会話を交わした後、伊緒たちはキヌの家を後にした。

「ふっふふーん……去年も十九、今年も十九……」

遠のいていくキヌの家から、糸車が回り出す音に続いて軽やかな鼻歌が響き始める。本来は寂しく不気味なはずの歌だが、キヌの歌声は、のどかでうららかな気候とも相まって全く怖くも恨めしくもなく、伊緒は七郎と顔を見合わせて微笑《ほほえ》んだ。

キヌの家から少し歩くと、荒れ果てた廃寺と背の高い一本杉が見えてくる。木の上には今日も赤茶けた着物の人影が陣取り、ぼんやりと山を眺めていた。里の住人の一人、天狗《てんぐ》である。

「こんにちはー」

山を見つめ続けるその人物に、伊緒はいつものように声を掛けた。その声を聞いた七郎が苦笑する。

「誰に対しても挨拶をされるのは立派だとは思いますが、彼女のような存在に声を掛けたところで反応は返ってこないと思いますよ。実際、僕は何度呼びかけても無視されているわけですし」

「それは分かっていますけど、新入りとしてはちゃんと挨拶しておかないとって……」

と、伊緒がそう応じた時、ふいに樹上の人影が少しだけ動いた。

ずっと山に向いていた顔が一瞬だけ伊緒を見下ろし、すぐに視線を山へと戻す。初めて見る意外に精悍《せいかん》なその顔に、伊緒はきょとんと目を瞬《しばた》いた。

「今……こっちを見てくれた……？」

「え？　いや、まさか。一度ああいう風になってしまった住人は、希薄化するばかりで元に戻ることはないと聞いていますが」

「見間違いだったんでしょうか……？　でも、確かに見られたと思うんですが」

眉をひそめて再度木の上を見つめる伊緒である。二人のやりとりも聞こえているはずだが、天狗はなんのリアクションも示さないままだ。七郎は、ほらね、と言いたげに肩をすくめ、再び歩き出す。その隣に並びながら首を傾《かし》げる伊緒に七郎が言う。

「もし本当に彼女が反応したのであれば、人間である伊緒殿の声や視線には、薄くなってしまったものを呼び戻す力があるのかもしれませんね。ほら、妖怪や精霊というのは、自分たちのことを語り、見てくれる人間あってこその存在なわけですから」

「そうなんですか？」

「どうでしょう。あくまで推論ですので……」

驚く伊緒が見上げた先で、七郎が再び肩をすくめる。七郎はそこで会話を切り上げてしまったが、その横を歩きながら伊緒は「だとしたら」と考えた。

ただの平凡な人間である自分にはなんの力も取り柄もないと思っていた。だが、もしも七郎の言う通りなら、里の住人たちの希薄化や消失を食い止められるのかもしれない。もしそれが実現できたなら、自分を助けてくれた七郎や里へ、少しでも恩を返せたことになるのでは……？

その後は特に変わったこともなく、二人はぶらぶらといつものルートで里を歩いた。だが、里の外れ、山に接したあたりに至った頃、ふいに七郎が足を止めた。

「七郎さん？　どうしたんです」

「しっ」

伊緒の問いかけをすかさず制した七郎が、基礎部分しか残っていない土塀の向こう、青々とした山へと神妙な顔を向ける。わけも分からないまま伊緒も黙ると、山の峰のあたりから、ウオオオオン、と遠吠《とおぼ》えが微《かす》かに響いた。

犬かな、と伊緒はまず思った。

もしかしたら狼《おおかみ》かもしれないが、なんにせよ妖怪がいる山なのだから、何がいてもおかしくはない。声の感じからすると距離も相当遠そうなのに、七郎は一体何を警戒しているんだろう……?

伊緒は訝《いぶか》しんだが、七郎は黙って山を見つめ続けている。そうして待つこと十数分、遠吠えがもう一度聞こえることはなく、他の異変も——少なくとも伊緒に感知できる範囲では——起きていないことを確認すると、七郎はふむとうなずき、傍らの伊緒を見下ろした。

「お待たせしてすみません。行きましょうか」

「え、ええ……。あの、何かあったんですか?」

「いえ、大したことではありませんよ」

自分を見上げる伊緒に七郎は曖昧な答を返し、「気のせいならいいのですが……」と漏らしながらもう一度山に視線を向けた。

やはり山に何か異変があるのだろうか。歩き出す七郎の隣で伊緒は再度振り返ってみたが、どっしりそびえた山の様子は昨日や一昨日やその前と違うようには全く思えず、七郎が何を気にしているのかは分からないままだった。

＊＊＊

その日の夜、食事や入浴を済ませた伊緒が自室で日記を付けていた時のことである。

ふと微かな声が聞こえた気がして、伊緒は筆を動かす手を止めた。

「今、誰かの声が聞こえたような……？」

「……ごめんください……どなたか……」

伊緒がぼそりと独り言を漏らすのと同時に、くぐもった声がまた響く。襖《ふすま》越しなのでよく聞こえなかったが、どうやら広間や土間のあたり、つまり玄関の方から響いてきたようだ。誰かが訪ねてきたのだろうか。伊緒は行燈《あんどん》の火を手燭《てしょく》に移し、暗い廊下に出て玄関へと向かった。

七郎もトボシも夜が早いので……と言うか、「夜更かし」という習慣自体がそもそも存在しないようで、広間は無人であった。囲炉裏で火種がくすぶっているとはいえほぼ真っ暗だ。手燭を取り落とさないよう気を付けつつ、伊緒は土間に降り、「はあい？」と玄関先に呼びかけた。

「どなたですか？」

「え、ええと……道に迷った者なのでございますが」

板戸越しに返ってきた声は、どうやら年配の女性のもののようで、しかも伊緒にとっては初めて聞くものだった。

と言うか、この里で道に迷う人がいるのだろうか？　伊緒は一瞬困惑し、人食い妖怪が人間を装って家に上がり込んでくる昔話を思い出したりもしたが、すぐに「お待ちください」と声を返して鍵代わりの突っ張り棒を外した。

この里にそういう危険なものがいるなら自分はとっくに襲われているか、七郎が教えてくれているだろう。それにそもそも、あの日、七郎があっさり迎え入れてくれなかったら自分は今こうして無事でいられない。誰だか知らないけれど困った時はお互い様だ。

というわけで、若干の警戒心は保ちつつそろそろと戸を引き開けると、玄関先に不安げに立っていたのは、声の印象通りの年老いた女性であった。あったのだが。

「……え」

「えっ」

伊緒と訪問者の女性の驚いた声が、敷居《しきい》を挟んで同時に響いた。

思わず手燭を取り落としそうになりながら、そして挨拶すら忘れながら、伊緒は眼前の女性をまじまじと見た。

年齢はざっと見て七十代以上。背丈は伊緒より少し高く、ボリュームのある白髪を襟足あたりで結い上げている。そこまではいい、と伊緒は自分で自分に断った。問題は女性の出《い》で立《た》ちである。

眼前に立つ、いかにも上品そうなお婆《ばあ》さん、という風貌のその女性は、なんと洋服を着ていたのである。シンプルなブラウス、薄手のカーディガン、ベージュのスカートといういたって地味なその服装も、それに女性の掛けている銀縁の眼鏡も、隠れ里ではついぞ見かけないものだ。どうして、と伊緒は眉をひそめた。

「洋服⁉　そ、それに眼鏡まで……？」

「ど、どうなさったんです……？」

伊緒のオーバーな驚嘆に女性が不安がって後退《あとずさ》った。あっ、待ってください、と伊緒が慌てて呼び止める。

「驚かせてすみません！　洋服の人を見るなんてすっごく久しぶりだったので……。あの、いきなり変なことを聞きますけど」

「なんでしょう……？」

「もしかして……あっちの世界から来られた方ですか？　あっちと言うのはつまりその、二十一世紀の日本のことなんですが……」

「え？　ええ……。『来た』と申しますか、気付いたら」

「気付いたらこの里の入り口、山と里の間あたりに立っていて、仕方ないから人が住んでそうな方に向かって歩いたら、最初にあったのがこの建物だった……！　違います？」

勢い込んで尋ねる伊緒。老女はその剣幕に気圧《けお》されたのか、不安そうに眉をひそめつつもこくりと首を縦に振った。

「やっぱり……！　実は私もなんです」

「『私も』と申されますと……？」

「私もしばらく前にふらっとここに来ちゃったんです……！　あっ、私、綿良瀬《わたらせ》伊緒と言います。宮本《みやもと》女子大学二年生です！　じゃない、でした！　あ、いえ、休学手続きを取っていないし休学するつもりもないので、『です』でいいんですけど」

現代人に会うのが久しぶりすぎて妙なテンションになってしまう伊緒である。自分が人見知りだったことも忘れながら自己紹介する伊緒を前に、洋装の高齢女性は「あらまあ」と目を丸くして驚き、思い出したように頭を下げたのだった。

「菊地松子《きくちまつこ》と申します」

「……では、ここはあの世ではないんですねえ」

玄関先で伊緒が驚愕《きょうがく》してから少し後、十二座敷《ざしき》の囲炉裏端にて。伊緒、それに騒ぎを聞きつけて起きてきた七郎とトボシを前に、松子はしみじみとした声を発した。

囲炉裏には茶釜が掛けられ、松子の持つ湯飲みからはほうじ茶の湯気が立ち上っている。

囲炉裏の中で燃える炎、それに行燈の光に照らされながら、松子は再度あたりを見回し、困惑した顔で溜息《ためいき》を落とした。

「まだ死んでいないというのは安心しましたが……でも、まだ信じることができません。ここが昔話の世界だなんて……。つまり、『きつね女房』や『鶴の恩返し』、『天人の羽衣』のような世界なわけでしょう……？　確かに、そういうお話は好きでしたけれど」

松子が例に挙げたのは、いずれも広く伝わる昔話である。割と詳しい人なのかなと思いつつ、伊緒は「分かります」と深く同意した。

「私も最初は全然信じられませんでしたから……。ですが、本当なんです。実際、あの山には危険な妖怪がたくさんいますし、この里に住んでいる人たちだって」

「ええ。僕やこのトボシも人間ではありません」

伊緒の説明を受けて七郎がうなずく。「にしてもなあ」と眉をひそめたのは、その隣に座っていたトボシである。

「姉ちゃんに続いて今度は婆ちゃんかよ。居場所のない妖怪がフラッと来ることはあったけど、招かれる心当たりも何もない人間が立て続けに迷い込んでくるなんて、これ絶対おかしいよな、兄貴？　こっちとあっちとの繋《つな》がり方が変わったのか？」

「そんなことはまず起きない……と思うのですが、隠れ里に入れる人間は、条件に合致した者のみではあるはずなんですよね。これは一体……」

トボシと七郎が顔を見合わせ不可解そうに首を捻《ひね》る。松子はそのやり取りを前に申し訳なさそうにお茶を飲み、ふと伊緒に顔を向けた。

「綿良瀬さんと仰《おっしゃ》いましたね。あなたも人間だったんですねえ」

「はい、そうですが……。何と思われてたんです？」

「着物を着てらっしゃるし、小さくてかわいらしいものだから、てっきり江戸時代あたりの方の幽霊かと……。ほら、昔の人って今より小さかったって言うでしょう」

「言いますけどこれでも現代人です……！　小さいのは生まれつきです……」

小声で反論した伊緒が不満げに眉根を寄せる。松子は「ごめんなさいね」と謝り、その上で伊緒をじっと見つめていたが、少し間を置いた後「あっ」と声を発した。

「そうか、綿良瀬伊緒さんって……！　そのお名前、どこかで見たか聞いたかしたことがあったと思っていたんだけれど、思い出しました」

「え？　すみません菊地さん、お会いしたことありましたっけ」

「いいえ、お見かけしたのはニュースでです。東京《とうきょう》の大学生の女の子が寮から消えてしまって行方不明と、確か半年ほど前に」

「ニュースになってるんですか？　って、『半年』!?」

まず自分の失踪が報じられていたことに伊緒は驚き、次いで松子がさらっと述べた「半年」という言葉にいっそう驚いた。

「私がここに来たのって、せいぜい一月半くらい前ですよ？　ですよね七郎さん」

「はい。ですが――」

「こっちとあっちじゃ時間の流れる速さが違うんだよ。隠れ里の常識じゃねえか。浦島太郎が自分の村に戻った時、どうなってたか知らねえの？」

割り込んできたトボシのざっくりした解説と問いかけに、伊緒はさっと青ざめた。そんなことになっているならなおのこと、一刻も早く帰らないと……！　息を呑《の》んで黙り込む伊緒に、松子は気遣うように語りかける。

「大変ねえ……。私はもう仕事もしていませんし、夫もしばらく前に亡くなって、子供もいませんでしたから、そこまで焦りはしないけれど、あなたは帰ってあげないと。ご家族も心配してらっしゃるでしょう」

「は、はい……。多分ですけど」

「してらっしゃいますよ。ニュースでご家族が取材されてるのを見ましたもの。すごく立派なお家《うち》で……そうそう、確か、どこだったかの市長さんの娘さんなんでしょう？」

「――え」

松子が何気なく発した言葉に伊緒ははっと絶句し、そしてそのまま固まった。「そうだったの？」と割り込んだのはトボシである。

「姉ちゃん、いいところのお嬢さんだったのかよ」

「ニュースではそう言っていましたよ。その土地では名のある名家で、お祖父様やひいお祖父さまも代々市長をお務めで、ご家族やご親族には官僚や議員の方も多いとか……。そうなのでしょう？」

「は……はい……」

松子の羨むような褒めるような問いかけに、伊緒は短く答えるのが精一杯だった。同情してくれているのだからもっとちゃんと受け答えしないと、とは思うのだが、胸が棒で押されたように苦しく、言葉がまとまってくれない。伊緒の様子に気付いたのだろう七郎が少しだけ眉をひそめ、トボシが「なーんだ」と呆《あき》れた声を発する。

「姉ちゃん、帰らなきゃ帰らなきゃって言う割には、家族のこと全然話さねえからさ。よっぽど後ろ暗い家なのかと思ってたけど、逆じゃんか」

「そ、そんなこと思ってたの……？」

「そりゃ思うだろ。あ、もしかして、一人で着物着られたのって、そういうの習ってたから？　今のあっちだと庶民はなかなか着ないんだろ」

「うん、そうだけど……」

いつも通りにあけすけなトボシに伊緒は小さくうなずき、そのまま顔を伏せてしまった。うつむいたまま沈黙する伊緒を前に、七郎のみならずトボシや松子も異変を感じたようで不審そうな顔を見合わせる。しんみりした微妙な空気が漂う中、七郎は「とりあえずもう遅いですし、松子様には空いている部屋で休んでいただくのはどうでしょう」と提案し、松子もそれを受け入れたので、その場は解散となった。

＊＊＊

松子を部屋に案内してから小一時間後。伊緒は十二座敷の裏、水場に臨む縁台に腰を掛け、一人ぼんやり佇《たたず》んでいた。傍らに置かれた手燭《てしょく》の上では、半分ほどの長さになった蠟燭《ろうそく》がゆらゆらとあたりを照らしている。

ＬＥＤや蛍光灯、液晶画面の光に慣れていた身としては、電灯が一切存在しない隠れ里の夜の暗さと静けさには最初は面食らったし恐怖も覚えたが、今ではこの静謐《せいひつ》な暗がりに落ち着きすら感じるから不思議なものだ。蠟燭の小さな炎でも、目を慣らすと案外周りが見えてくるということも分かったし……。

そんなことを思いつつ、さらさらと水の流れる音を聞くともなしに聞いていると、ふいに控えめな呼びかけが耳に届いた。

「こんばんは。静かで気持ちいい夜ですね」

そう言いながら廊下の奥から現れたのは、寝間着姿の七郎だった。今の今まで床に就いていたか、あるいは寝るところだったのだろう、日中は縛っている髪は柔らかに広がっており、眼帯も付けていない。

生地の薄い着物を一枚羽織っているだけなので普段以上にほっそりとして見える七郎は、顔を上げた伊緒に「こんな姿ですみません」と詫《わ》びた後、いつも通りの穏やかな口調で語りかけた。

「こんな時間に珍しいですね。眠れないのですか？」

「えっ？　はい、そうなんです……。夜風に当たろうと思って」

「なるほど。夜に聞く水の音は心を落ち着かせてくれますからね。僕も好きです」

「そうなんですね……。でも、七郎さんはどうしてここに？」

「実は僕も同じくです。松子様の来訪という出来事があったせいか、どうにも寝付けなくて……。いつもはすっと寝られるんですが、たまにこういう夜があるんですよね。お隣、よろしいですか？」

「ええ」

伊緒がこくりとうなずくと、七郎は「失礼します」とその右隣に五十センチほど空けて腰を下ろした。伊緒が七郎の隣に並ぶ時は、失われた右側の視界をカバーするために右に回ることが多いので、左から見た横顔は新鮮だ。青緑色の綺麗《きれい》な目だな、と伊緒は改めて思い、そしてぼそりと問いかけた。

「眠れないって、嘘《うそ》ですよね……？」

抑えた声が夜更けの縁台に静かに響く。それを聞いた七郎は、虚を突かれたように左目を瞬《しばた》き、恥ずかしそうに頭に手を当てた。

「実はそうです。しかしよくお分かりになりましたね」

「七郎さんって、普段は相手の反応を待ちながらゆっくり話す方ですから。でも、嘘を言う時は、相手の返事を待たずに一気に喋《しゃべ》るので……」

「ああ、なるほど。そこでバレたわけですか。以後は気を付けます」

そう言って決まり悪そうに苦笑した後、七郎は懐手をして姿勢を正し、見慣れた誠実な表情で口を開いた。「実を言うと」と真摯な声が静かに響く。

「伊緒殿が心配だったのです。松子様からご家族のお話が出た時の様子は、僕の見たことのないものだったので、どうにも気に掛かってしまい」

「え？　あー……、顔に出てしまっていたんですね……」

「それはもうはっきりと。……お互い、隠し事やごまかしが下手なようですね」

恥ずかしがる伊緒に七郎が優しく笑いかける。ですね、と伊緒は答え、再び口をつぐんでしまった。気重の原因を話してしまえば楽になるのかもしれないが、その踏ん切りがつけられない。そうして伊緒が沈黙すること数分間、七郎が意外な提案を口にした。

「お酒を飲まれますか？」

「はい？　お酒……ですか？」

「ええ。あちらでは今はお酒は二十歳になってからだと聞きました。であれば、伊緒殿はもう飲んでも大丈夫なわけでしょう」

「それはそうです。まだ飲んだことはないですけど……でも、どうしていきなりお酒」

「あれは、良くも悪くも気を紛らわせ、口を軽くしてくれる飲み物ですからね。誰かが隣にいればなおのこと、胸の内につかえたものを吐き出させてくれる……。まあ、これはトボシからの受け売りなのですが、今の伊緒殿は何か抱えていらっしゃるようですし、僕で良ければご相伴しますよ、と思いまして……。気分転換になるよう笛を吹くというのも考えましたが、どうも囃《はや》し立《た》てるようでこれはよろしくないかな、と。……とまあ、そんなわけなのですが……いかがです？」

腕を組んだ七郎が顔だけを伊緒に向けて穏やかに尋ねる。蠟燭の灯《あか》りが照らすその優しげな顔を見返した伊緒が、少し間を置いてから「……じゃあ、お酒、いただいていいですか」と応じると、七郎は嬉《うれ》しそうにうなずき、腰を上げた。

「お待ちください。すぐに持ってまいります」

「あ、私も行きます」

七郎が自室から持ってきた徳利《とっくり》に入っていたのは、口当たりのいい日本酒だった。かぐわしい香りを発する澄んだそれを、ぐい呑みから口へ、そして喉の奥へと流し込むと、伊緒の口中に、甘さの中に辛みを一匙《さじ》加えたような奇妙な味が広がった。同時に体がふわりと軽く、顔がぽっと熱くなる。伊緒は半分ほど中身が残った器を持ったまま驚いた。

「へえ……。お酒ってこういう味なんですね」

「酒にも色々ありますが、これはだいぶ飲みやすい部類のものですよ。伊緒殿なら、『孝行酒』という昔話はご存じですよね？」

「あっ、はい……。確か、親孝行だけれど貧しい息子が山の中の滝で汲《く》んだ水が酒になり、老いた父親を喜ばせたというお話ですよね？　『養老の滝』と呼ばれることもある」

「それです。この酒は、あの滝から汲んできたものでしてね。トボシは薄すぎるとか水っぽいとか言いますが、僕はむしろこれくらいのさらっとしたものの方が好きで……。お気に召しましたか？」

「ええと……。まだ、これしか飲んでないのでよく分かりません」

ぐい呑みを両手で支えたまま苦笑いする伊緒に、七郎は「正直ですね」と笑みを返し、徳利から自分の器に注いだ酒を飲んで「ああ」としみじみとした吐息を漏らした。この味が好きだというのは本当なのだろう。伊緒は余韻と後味を楽しむ七郎を微笑《ほほえ》ましく眺め、ややあって、ぽつりと声を発した。

「――菊地さんの話を聞いて、家族のことを考えてしまったんです」

「そうだと思っていました。ご家族のことを思い出してしまい、会いたくなったのですか？　それとも心配をかけていることを申し訳なく感じて……？」

手酌で二杯目を注ぎながら七郎が穏やかに問いかける。伊緒は「それもありますが」と相槌《あいづち》を打ち、ぐい呑みに残った中身を飲み干して夜の闇に目を向け、言った。

「家族が心配しているかどうか……」

「えっ？」

「菊地さんが言っていましたよね。私の家、いわゆる地方の名家って言われるようなところなんです。苗字《みょうじ》も地名から来ていて、元をたどるとその地域の大名で、戦前は貴族、戦後も代々政治家で……。市長だった祖父のことは私は全然覚えていませんが、私が生まれた頃に大きな工場誘致を成功させたとかで、地元の偉人みたいな扱いで……。そういう家柄なので、すごく体面を大事にするんです」

「体面、ですか」

「はい。父も母も二人の兄も、とにかく現実的な性格で……世間に迷惑を掛けたり、誇らしくないことで騒ぎになったりすることを嫌うんです。政治家だから当然なんですが……ですから多分、私が行方不明になった時も、心配するよりも先に、『何やってるんだ』って呆れて怒ったんじゃないかなって、そう思ってしまって……。無事に帰れたとしても、私はきっと事情を上手《うま》く説明できなくて叱られるんだろうな、って。それで……そんな風に考えてしまう自分が嫌になってきて……。そもそも家族のことを考えること自体がすっごく久しぶりで、それもショックだったんです。なんて薄情なんだ私は、って……！」

七郎の言う酒の効力のおかげか、伊緒は、胸の内にわだかまっていた言葉を、途切れ途切れではあったが、吐き出していった。

気が強く権力欲も強い性格の持ち主ばかりが揃《そろ》った綿良瀬家で、弱気で人見知りが激しく勝負事が苦手な伊緒は、変わり者の落ちこぼれ扱いだったこと。家族の中で唯一理解者になってくれたのは昔話好きの祖母だったが、伊緒が中学に上がる前に祖母が亡くなると、伊緒は家の中で居場所を失ったこと。家名に貢献できないならせめて迷惑を掛けるなと言われ続け、肩身の狭い思いをしながら育ってきたこと。いずれは親の決めた相手のところへ嫁ぐことになっていること。大学も親が決めた選択肢の中からしか選ばせてもらえなかったこと。民俗学や民話を勉強したいと主張した時も「そんなことを学んでも一文の得にもなるまいが、まあ毒にも薬にもならない学問ならお前に向いているだろう」と言われてしまい、それに反論できなかったこと。大学に行かせてくれたことや衣食住に不自由ない暮らしをさせてもらっていることにはもちろん感謝しているけれど、でも……。

これまで話していなかった――話したくなかった――洗いざらいを、気付けば伊緒は七郎に全て語ってしまっていた。七郎は辛《つら》そうに眉根を寄せたが、たまに短い相槌を打つ以外は黙って耳を傾け続けてくれ、伊緒はそのことをありがたく思った。

「……私が、昔話や伝承が好きな理由って、祖母の影響もありますけど、多分、現実が苦手だったからなんです」

「現実というのは」

「自分と絶対に切っても切れない、大学を出たらまた帰らなくちゃいけない場所のことです。昔話はそこと全然関係ない分野でしたから……。それに、お話の主人公って、なんでも自分で決めるじゃないですか……? 旅に出ようって決めてすぐ出発してしまったり……。私、決断力とか行動力がないから、そういうのにすごく憧れたんです。昔話のことを考えたり調べたりしている間は、現実を――家のことや自分のことを――忘れられるから……。そんな知識が本当に役に立つ日が来るなんて、思ってもいませんでしたし……」

「それはそうでしょうねえ」

「はい。……ほんと、情けないですよね、私」

七郎に弱々しい苦笑を返した後、伊緒は自責の念の籠もった溜息《ためいき》を落とし、そして黙った。伊緒の吐露を聞き終えた七郎は、そんなことはないですよ、とでも言おうとしたのか、一瞬口を開きかけたが、声を発することはなかった。

代わりに七郎は、空になっていた自分のぐい呑みを縁台に置き、伊緒に向けていた視線を夜空へと向けて、妙に晴れやかな顔でこう言った。

「――僕は、今でこそ大蛇ですが、昔は伊緒殿と同じ人間だったんです」

「え。はい？」

困惑した伊緒が七郎を凝視する。まるで話に脈絡がない上に、告げられた事実も意外すぎて、理解が追い付かない。と言うか私の話聞いてました？　伊緒は戸惑いながら七郎を見つめ、まさか、と短く息を呑んだ。

「もしかして――き、記憶が戻ったんですか……？」

「いいえ。これはただ伊緒殿に言っていなかっただけのことです。せっかくなので話しておこうと思いまして」

「は、はあ、そうなんですね……。でも」

どうして急に、このタイミングで？　伊緒はそう尋ねようとしたのだが、酔いが回りつつあるせいか、今夜の七郎はいつもより強引で、既に言葉を重ねてしまっていた。

「先ほど大名家の話を出されましたが、僕はそういう仕組みがまだ生きていた頃の人間でした。住んでいたのは、山間の小さな村で、近くにはよく氾濫する川があって――」

時折酒で口を潤しながら、七郎は滔々《とうとう》と身の上を語った。

これといって目立つところのない小さい村に暮らす若者であった七郎は、ある時、年かさの村人たち五、六人と一緒に、釣りや採集のために山に入ったのだという。

もともと貧しい地域だったが、その年は例年以上に実りが悪い上に洪水も多く、七郎は腹を減らしていた。川魚を釣ってみたが、獲《と》れたのはせいぜい数匹の岩魚《いわな》だけ。持って帰るほどの量でもなかったので弁当代わりにここで食べてしまおうということになり、村人たちは、一番若い七郎に全員分の岩魚を焼いておくよう言いつけてどこかへ行ってしまう。

残された七郎は一人、川岸で岩魚を焼いていたが――。

ゆっくり語られるその話に、伊緒は「知っている」と心の中で叫んでいた。この話は知っている。七郎はさらに言葉を重ねる。

「岩魚の焼ける匂いに、僕は我慢できなくなりました。みんなは、山菜か茸《きのこ》でも採りに行ったんでしょうが、まだ戻ってくる気配がない。自分の分を食べるだけならいいだろうと思い、僕はまず一匹を食べたんです。そうしたらもう我慢できなくなって……気付けば、僕は全員分の岩魚を食べてしまっていた。しまった、と思った途端、今度は急に喉が渇いてきたんです。体が内側から干からびていくような、凄《すさ》まじい渇きでした。僕は矢も楯《たて》もたまらず、目の前の川に顔を突っ込み水を飲み始めた。ところがですね、飲んでも飲んでも渇きは収まらず、気が付くと、僕は――」

「大蛇の姿になっていた……」

思わず伊緒は口を挟んでしまっていた。七郎が「おや」と言いたげに伊緒を見る。

「さすが伊緒殿。ご存じでしたか」

「は、はい……。『八郎伝説』ですよね……？」

こくりと小さく首肯し、伊緒は東北一帯に広く伝わる伝説の名を口にした。

八郎伝説とは、その名の通り、八郎という男が主人公の、十和田湖《とわだこ》・田沢湖《たざわこ》・八郎潟《はちろうがた》あたりを舞台にした物語だ。青森《あおもり》や岩手《いわて》、秋田《あきた》などに広く伝承されており、地域によっては「八太郎伝説」「八郎太郎伝説」などの名で語られることもあるが、大筋は一貫している。

収穫を平等に分配する掟《おきて》を破って仲間の分の魚を食べてしまった若者が、罰としてその身を大蛇に変えられてしまうのだ。若者だった大蛇は十和田湖のヌシとなるが、よそから来た僧侶との縄張り争いに敗れ、八郎潟へと移住する。

その後、田沢湖のヌシにして竜神である辰子姫《たつこひめ》と夫婦となり、八郎潟と田沢湖を行き来した……という後日談が語られる場合もあり、その移動の際には、大蛇は人の姿で宿に泊まり、誰も部屋を覗《のぞ》かないよう申し付けたが、宿の者がこっそり覗くとそこにいたのは大きな蛇だった、という話もあったはずだ。

ここに来て最初の夜、七郎の部屋で見た光景を伊緒は回想し、大きく目を見開いた。

「ということは七郎さん、あの有名な八郎潟の八郎なんですか……!?」

「いえいえそんな、滅相もない。その話を知っていただけのただの貧しい村人です。名前も八に足りない『七郎』ですしね。まあ、川の神として川辺の社に祀《まつ》られたりもしましたが、湖のヌシなどにはなっていません。その社もしばらく前に取り壊されてしまい、あちらでの居場所を失い、ここに流れ着いた次第でして……」

謙遜するように肩をすくめる七郎である。要するに、八郎伝説の派生というか亜流の一つということのようだ。八郎の話は有名だからそういうバリエーションもあるのだろうと伊緒は納得し、「それにしても」と七郎を――かつては普通の人間であった大蛇の化身を、しげしげと見た。

「どうしてそれを今話してくれたんです……？」

「他人の魚を食べた罰で大蛇になってしまったというのは、僕にとって隠しておきたい、恥ずかしい過去なんですよ。なのでできれば言いたくはない」

「え？　それは分かりますけど……」

「人であっても人でなくても、言いたくないことは抱えているものですよ」

そのやんわりとした七郎の言葉に、伊緒は「あ」と声をあげた。

恥ずべき身の上話を語って聞かせたのは、彼なりの自分への気遣いだったのだということを、伊緒はようやく理解した。みんなそうなんですよ、と七郎が続ける。

「後ろ暗かったり、大っぴらにしたくない気持ちというのは誰の中にでもありますし、決して恥じることではないと僕は思いますよ。伊緒殿は、家族を思わなかった自分を責めておられたわけで、それは正しいことだと思いますし……その……だから――」

流暢《りゅうちょう》だった七郎の語りがなぜか途切れてしまう。どうしたんですと伊緒が問うと、七郎はばつが悪そうに頬を掻《か》いた。

「こういうお説教のようなのは苦手なんですよね。どうも性に合わない。おまけに、そうまじまじ見つめられてしまうと恥ずかしくて……」

色白の肌を赤く染め、片方しか残っていない目を伊緒から逸《そ》らす七郎である。仮にも祀られたことのある大蛇とは思えない言動に、伊緒はつい小さく噴き出し、背筋を伸ばして七郎を見た。いつの間にか、胸中のわだかまりとモヤモヤは——なくなったわけではないけれど——随分薄くなっている。

「ありがとうございます。おかげで少し気が楽になりました」

「それは良かった……！　お力になれたのなら光栄です。伊緒殿が悲しんでいる姿を見るのは、僕にとっては何より辛いことですから」

「え？　それってどういう……？」

さらりと告げられたその言葉に伊緒が眉根を寄せる。もしや今度こそ記憶が戻った？

と、七郎は、何かに気付いたようにはっと息を呑んだが、今度は目を逸らそうとはせず、二人の視線が夜の縁台で交錯する。吹き抜けた夜風に七郎の体からふわりと優しい水の香りが漂い、伊緒の心拍数が少し上がった——その時だった。

「ウオオオオオオオオオオオン！」

ふいに、雄々しい獣の遠吠《とおぼ》えがはっきりと轟《とどろ》いた。

闇夜をつんざくような勇ましく堂々としたその声に、伊緒の体がびくんと強張《こわば》る。近い！　本能的に背筋が冷え、あっという間に酔いが覚める。怯《おび》える伊緒を七郎はとっさに手を広げて庇《かば》い、鋭い視線をあたりに向けた。震えながら伊緒が問う。

「い、今のって……昼間にも聞こえた声、ですよね……？」

「おそらくは。しかし、狼《おおかみ》がなぜこんな近くまで――」

「お……おおかみ？　狼って、あの狼……？」

「はい。僕は様子を見てきます。伊緒殿は部屋に戻っていてください。今夜はもう外には出ないように！」

責任感のある声でそう告げるなり、七郎はその身を巨大な白蛇へと変じ、宿屋を飛び越えて姿を消した。

残された伊緒は、徳利《とっくり》やぐい呑みを片付けた後、自室でまんじりともせず待っていた。抱えていた胸のつかえは楽になったのに、今度は七郎が心配で眠れない。

幸い、七郎はほどなくして無傷で宿に戻ってきたが、「取り逃がしました。明日の朝もう一度調べてみます」と告げる声と表情は依然深刻そうで、伊緒の不安は晴れなかった。

＊＊＊

翌朝、七郎が身支度や朝食を手早く済ませて向かった先は、十二座敷《ざしき》のほど近く、里と山を繋《つな》ぐ荒れた道であった。伊緒と松子にとっては、この世界に放り出された時に最初に立っていた場所である。

隠れ里と山との境界に当たるそこには、しっかりと獣の足跡が残されており、七郎に同行していた伊緒は、昨夜の狼がこんな近くにまで来ていたことに驚いた。道理で声がよく聞こえたわけだ。

「狼ですって……？」

そう青ざめた顔で尋ねたのは一緒に来ていた松子である。問われた七郎は、匂いを嗅いでいるのか、それとも妖気のようなものを追っているのか、地面に顔を近づけて真剣に調べているところだったので、代わりに伊緒がこくりとうなずく。

「そうらしいです。私も見たことはありませんが、昨夜、声ははっきり聞きました」

「まあ怖い……。のどかなところかと思いましたけれど、そんなものもいるんですねえ」

そう言って松子は身を震わせ、路上の水たまりの近くに残った足跡を見た。ぬかるんだ地面にしっかり刻印された肉球と爪の跡に、松子が再度顔をしかめる。

「それにしても、この足跡、やけに大きくありませんか？　前にテレビで見ましたけれど、日本の狼というのはもっと小さくて、体の大きさは一メートルほどだったとか」

「それ、ニホンオオカミですよね。明治時代に絶滅したっていう……。ここにいるのは、多分、それじゃないんです。確かに狼ではあるんですが、動物としての狼じゃなくて、伝説や信仰の中で語られる狼なんだと思います……。日本の山では、狼って一種の神様ですから」

松子の問いに応じた伊緒が、ですよね、と七郎に視線を向けると、屈《かが》みこんだまま掬《すく》い取《と》った土を舐《な》めていた七郎は、はいと首を縦に振った。「どういうこと？」と首を傾《かし》げる松子に、伊緒は講義や図書館で学んだ知識をかいつまんで語った。

そもそも動物としての狼は、生態系のトッププレデター、すなわち食物連鎖の頂点に位置する捕食者であり、被捕食者にあたる生物の個体数を抑制するコントローラーでもある。同時に狼は古くより、広範囲で神聖視された動物であった。日本においては、遅くとも八世紀頃には「大口真神《おおぐちのまかみ》」——大きな口を持った真の神——の名で呼ばれていたことが確認されている。

十八世紀頃になると、狂犬病が広まって狼が人を襲うケースが増えたことや、また人々の意識の変化などによって、神の位置から徐々に転落していくことになるのだが、少なくとも古代から近世にかけての狼は間違いなく畏敬の対象だったのだ。

それだけに、狼にまつわる言い伝えなどは数多い。三本の茅《かや》があれば姿を隠せる、目が真っ赤に燃えるように光る、出産の時に小豆飯を届けた人間には恩を返す、どんな悪口でも聞き取る耳を持っている、死んだ人の墓の周りを三度回ると死体が飛び出す、夜の山道を歩いていると後ろについてくるが、これは守ってくれているのだから無事に帰れたら返礼をしなければならない、送られる時は後ろを見てはいけないし転んだら襲われる……。その他、多種多様な内容が各地で記録されている。

伊緒の講義に松子は「先生みたいですねえ」と感心しながら聞き入り、そのコメントを聞いた七郎は立ち上がりながら嬉《うれ》しそうにうなずいた。

「そうでしょう、そうでしょう。伊緒殿はとても博識なのです」

「そ、そんな、私なんか、ただの付け焼き刃の受け売りですし……。私が知っているのはあくまで本で読んだ知識だけなんですが、ここの狼って実際どんな感じなんですか？」

「おおむね伊緒殿の説明通りの存在ですよ。山という世界を統べる、獣の姿をした神です。何しろ神なのでほぼ不老で、しかも強大で俊敏です。昔は群れを作ったりもしていたそうですが、今は数はそう多くなく、昨夜ここに来ていたのも一頭だけのようですね。足跡からして壮年の雄かと」

「そこまで分かっちゃうんですね……。さすが七郎さん」

伊緒が素直に感嘆すると、今度は七郎が「それほどでも」と照れた。一方松子は不安でたまらないのだろう、怯えた顔であたりを見回し、七郎におどおどと問いかけた。

「狼がいるというのも驚きましたけど、それがこんなに近くまで下りてくるなんて……。よくあるのですか、こういうことは？」

「……いいえ。僕の知る限りでは初めてです。先ほど伊緒殿が言われたように、狼は大口真神の異名を持つ山の神。自他の縄張りに厳しい存在ですから、山から出てくることはないはずなんですが」

「そうなんですか？　じゃあどうして」

「分かりません。里の何かが欲しいのか、あるいは、なんらかの理由で自制心を失って、暴走してしまっているのかも……。いずれにせよ相手は強力な獣です。警戒しないと」

山に隻眼を向けながらいつになく真剣な顔で七郎が言い、伊緒と松子はどちらからともなく心細い顔を見合わせた。

その後、七郎は、藁縄《わらなわ》で蛇とも竜ともつかないオブジェを編み上げ、それを呪文のような文言を記した木札とともに里の内外を繋ぐ道の傍《そば》の木に掛けて回った。共同体の内外の境界を定め、悪《あ》しきものが入ってこないようにするためのまじないである。

物理的な防壁を築いたり、電気を流した柵や防犯カメラを設置するならともかく、道端の木に藁細工を掛けただけで効き目があるのだろうか。

伊緒は手伝いながら訝《いぶか》ったが、七郎が言うには「これでなかなか効くのですよ。このまじないは外のものが嫌う気配を放ち、無理に入ってくると体が激しく痛みます」とのことだった。「こんな仕掛けはできれば使いたくないのですが」とも七郎は言い、その優しさに伊緒は感じ入り、ともあれこれで一安心だ、とも思った。

＊＊＊

しかし、伊緒の安堵《あんど》をあざ笑うかのように、狼はそれからも里の周辺に出没し続けた。人前に姿を見せることはないものの、明らかにそう遠くない距離から遠吠えが聞こえることが何度も繰り返されると、元々静かだった隠れ里は、まるで廃村のように静まりかえった。里の外れにある十二座敷の周囲には竹製の柵が巡らされ、里の護り部である七郎は、狼の足取りを調べたり、警戒したりする必要から単身で里の境界に出向くことが多くなった。トボシも「やだよ、こんないつ狼が来るか分かんないとこなんて」とヌシの屋敷《やしき》に転がり込んでしまったので、必然的に伊緒は松子と二人で宿屋で過ごす時間が長くなり、会話の回数も増えていった。

隠れ里に迷い込んできたばかりのタイミングで狼騒動が起こって気を休める暇がなかったためだろう、松子の顔色はずっと悪かったが、伊緒が料理や裁縫を手伝ってもらえないかと頼んでみたところ、松子は「年寄りだからあまり役に立たないけれど」と謙遜しながら応じてくれた。

「こんな感じでいいですかねえ」

「わっ、お上手ですね……！」

十二座敷の囲炉裏端にて、松子が広げた上着を見て伊織は素直に感心した。

まだ仕立て直しの途中ではあるが、細く絞られた袖口や腰までしかない着丈は、元の着物のシルエットとはもう完全に別物だ。褒められた松子は「お粗末な出来ですが」と微笑《ほほえ》み、縫いかけの作務衣《さむえ》風の上衣を見下ろした。

「でも、せっかくの着物を直してしまうのはもったいない気もしますねえ」

「それも分かりますけど……。この宿屋、着物は簞笥《たんす》から出てくるんですが、作業着がないんですよね。袖や裾をたくし上げる方法は七郎さんに教えてもらいましたけど、もっと動きやすい服が欲しくって」

伊織はそう言って自分の手元のモンペともズボンともつかないもの……になる予定のものを見下ろした。松子に比べると圧倒的に進みが遅い。さすが年配者だなと伊織は改めて感心し、作業を再開した。松子も再び手を動かし始め、昼下がりの囲炉裏端にちくちくと針仕事の微かな音が響いていく。

と、ふいに松子が「すみませんねえ」と声を発した。え、と縫い物を続けながら問い返す伊緒に、松子が申し訳なさそうに苦笑する。

「年寄りの気晴らしになるような仕事をわざわざ探していただいて……」

「そんなことないですよ。むしろ、とっても助かっています」

「でも、お若い方には年寄りの相手なんか退屈でしょう」

「いいえ。……実を言うと、ちょっと懐かしくて楽しいんです、私」

「懐かしい……？」

「……はい。私、お祖母《ばぁ》ちゃんっ子だったんですが、祖母を早くに亡くしているので」

「まあ。綿良瀬さんのお祖母様はどんな方だったんです？」

「昔ながらの良妻賢母というか、物静かで穏やかで控えめで、いつも誰かを立てているような人でした。なので、菊地さんとはタイプは違いますけど……」

縫い物の手を止めないまま伊緒がしみじみとした口調で語る。それを聞いた松子は、ははあ、と何かに気付いたような声を発し、「子供や孫がいるとそういう暮らしもあったのかも」と漏らした。そう言えば子供はいなかったと言ってたっけ、と伊緒は思い出し、話題を変えることにした。

「菊地さんは、こういう暮らしって懐かしかったりしますか？」

「まさか。私は街の人間でしたし、小さい頃からガスも電気もありましたから。……もっとも、はっきりしたことは分からないんですけれど」

「え、どういうことです？」

「私ねえ。子供の頃のことを覚えていないんですよ」

思わず手を止めた伊緒の視線の先で、松子はいともあっさり答えた。単純作業は口を軽くする効果があるのか、松子はちくちくと針を動かしながら身の上を語った。

「私はねえ、山を切り開いて分譲地を作る工事の現場で見つかった孤児だったんですよ。どうしてそんなところにいたのか覚えていなくて……まあ、多分、事情があって捨てられたんでしょうねえ。思い出したくないようなことがあって、自分で自分の記憶を封じ込めてるんだろう、なんて言われました」

「そ、それは……大変だったんですね……」

「気遣ってもらわなくて大丈夫ですよ。保護された施設もいいところでしたし、その後も……まあ、ずっと順風満帆とは行きませんでしたけれど、いい人生でしたから。夫にも仕事にも恵まれて……」

「お仕事は何をされていたんです？」

「保育士でした。あの頃は『保母』なんて呼ばれてましたが、ずっと子供たちのお世話をしてきました」

そこで一旦言葉を区切り、松子は針を動かす手を止めて囲炉裏端の風景を感慨深く見回した。どうかしましたか、と伊緒が尋ねると、松子は困ったようにも嬉しいようにも見える微笑みを浮かべた。

「……子供たちに何度も読み聞かせてきたようなお話の舞台に来てしまっているなんて、今もまだ信じられなくて」

「分かります。そう言えば、昔話お好きだって言われてましたよね。『きつね女房』とか『鶴の恩返し』、それに『天人の羽衣』……」

「あら、覚えていてくださったんですか？」

「ええ。そう言えば、菊地さんの挙げられたお話って、どれも異類婚姻譚《たん》ですよね」

伊緒がふと気づいたことを口にする。と、聞き慣れない言葉だったのだろう、松子は軽く眉をひそめ、聞いたばかりのフレーズを繰り返した。

「異類婚姻譚……？」

「異類、つまり、人間とは異なる存在と、人とが結ばれるお話のことをそう呼ぶんです。人間の男性が異類の女性と結ばれる話だと、菊地さんがタイトルを挙げられたお話の他にも、『貝女房』や『鯉《こい》女房』、『木霊女房』などがありますし……逆に、人間の女性が人でないものと結ばれるパターンもあって、こっちは『猿婿入り』とか『蛇婿入り』、『たにし長者』あたりが有名ですね」

「へえ……。さすが学生さん、詳しいんですねえ」

「い、いえ、それほどでも……。でも、どうしてこういうお話がお好きだったんです？」

何気なく伊緒が問いかける。伊緒としては軽い雑談の延長線上のつもりだったが、なぜか松子は虚を突かれたように一瞬固まり、不可解そうに首を捻《ひね》った。

「そう言えば……どうしてなんでしょうね？　子供の頃からなぜか好きだったのだけど……でもね、私、悲しいお話は苦手だったんですよ。特に、誰かと別れて終わるような映画やドラマは好きじゃなくて」

「そうなんですか？　ですけど、異類婚姻譚って、ハッピーエンドは少ないですよね。むしろ、どちらかと言うとその逆で――」

「ええ。みんな最後は別れてしまっておしまいです。仲良く暮らしていたはずの相手は、正体を知られたからにはもう一緒に暮らせません、って、どこかへ去っていってしまう……。『天人の羽衣』の天人だって、あれは動物ではないですけれど、羽衣を取り返して空へ消えてしまって、それっきりですよね」

「はい……。『きつね女房』には、本性を知られて山に逃げた妻を夫と息子が呼び戻しに行くエピソードがあるものもありますけど、妻は家族だった人たちの頼みを拒み、狐《きつね》の姿で山の奥へ消えてしまいます……。動物が人の姿に変わってハッピーエンドになる『たにし長者』みたいなパターンもなくはないですが、異類婚姻譚は基本的に別離で終わる悲劇と言っていいと思います。少なくとも、正体がばれた後も、いつまでも仲良く暮らしました、めでたしめでたし、という終わり方は……」

「まずありませんよねえ」

伊緒の言葉を先読みして松子はうなずき、自問するように「不思議なものねえ」とつぶやいた。

「ほら、狐も鶴も、正体を知られてしまうと、動物の姿に戻って山や空へ消えていくでしょう？　私はその場面が好きだった……。と言うより、そこに惹《ひ》かれていたんですよ。誰も知らない、誰も追いかけてこられない場所へ行ってしまえることが、羨ましかったのかしらねえ」

「あ……。その気持ちはちょっと分かります」

小さく相槌《あいづち》を打つ伊緒。自分をとりまく現実への疲れやストレスはどんな人間でも多かれ少なかれ感じているものだろうし、どこか遠いところへ……自分が自分でいられる、あるべき場所へ行ってしまいたいという気持ちは誰にだってあるだろう。伊緒がしみじみとそう言うと、松子は「若い人でもそう思うんですね」と苦笑した。

「でもねえ……、自分の居場所なんてなかなか見つからないものですよ。行った先々、今いる場所で、精一杯やるしかないんじゃないかしら」

人生経験の長さを感じさせる台詞《せりふ》とともに、松子が心細そうな視線を窓へと向ける。ガラスがなく格子が嵌《は》まっているだけの窓の向こうには、今日も青々とした山がそびえている。どこまでも続いていそうな深く広い山を見ながら、松子は続けた。

「とは言っても、まさかこんなところに来てしまうなんて……。ずっとここに置いてもらうわけにもいきませんし、どうなることやら。私は年寄りですから、体もどんどん悪くなっていくだろうし……」

「それは――」

ついロを開いた伊緒だったが、その言葉はすぐに途切れた。大丈夫ですよと言ってあげたかったけれど、そう言える根拠は何もない。

短い沈黙の後、「きっと帰る方法が見つかりますよ」と伊緒は言ったが、その言葉になんの信憑《しんぴょう》性もないことは松子も分かっているのだろう、松子はうなずくでもなく否定するでもなくただ優しい微笑を浮かべ、黙って針仕事を再開した。

＊＊＊

それから数日は何事もなく過ぎた。

狼《おおかみ》の声が近くで聞こえることも次第に減り、「理由は分からないけれど、山に帰ったのかもしれません」という七郎の言葉に伊緒と松子は胸を撫《な》で下《お》ろした。

だが、そんなある日。七郎が「そろそろ見回りの回数を減らしてもいいかも」と言いながら出かけた後の十二座敷《ざしき》の水場で、伊緒と松子が昨夜の夕食に使った鍋などを洗っていた時のことである。

「ウォオオオオオオオーン！」

水場を囲む竹垣の向こうで猛々《たけだけ》しい唸《うな》り声が轟《とどろ》いたかと思うと、次の瞬間、一抱えほどもある何かが竹垣をメキメキと突き破り、伊緒たちの前にその姿を現した。

「な――」

「えっ」

あまりに唐突な出来事に、水場に屈《かが》みこんで鍋を磨いていた伊緒と、鍋の蓋を拭いていた松子がぽかんと呆《ほう》ける。呆気《あっけ》にとられる二人を前に、突然の闖入《ちんにゅう》者は自分の存在を誇示するかのように四本の足をしっかり踏ん張り、大きく裂けた口から牙を剝《む》き出《だ》しにしてみせた。

体長はおおよそ二メートル強。全身を覆う毛は灰褐色で、四肢の先には鋭い爪を備え、尾はふさふさと長い。まっすぐ獲物を見据える目には真っ赤な眼光が宿り、大きく裂けた口元には肉食動物特有の尖《とが》った牙が並んでいる。全身を覆う体毛のところどころは焼け焦げたようになっており、血が滲《にじ》んでいる箇所さえあったが、その程度の怪我《けが》は行動の支障にならないようで、獣は燃えるように赤い両眼をぎろりと伊緒へ、そして松子へと向けた。

ひっ、と松子が息を吞《の》む。

「こ、これ……！　お──」

「狼です、間違いなく……！」

蒼白《そうはく》になる松子にとっさに駆け寄り、伊緒は叫んだ。

ここしばらくの間何度も聞いた鳴き声、赤い炎のような眼光、「大口真神」の語源となった大きな口。間違いなく狼である。

ニホンオオカミはせいぜい一メートルのはずだから、今自分の目と鼻の先、せいぜい四、五メートルの距離を取って相対しているこの猛獣はやはり山の神として神格化された、伝説の中の存在としての狼なのだろう。

動物の狼が変異したものなのか、元々こういう存在なのかは分からないが、こうして向き合っているだけでもその超常性が五感を通じて伝わってくる。「畏敬」――畏れと敬い――という言葉の意味を、伊緒は今深く理解した。

「で、でも、どうして狼が隠れ里の中にまで？　七郎さんが境界におまじないを掛けたはずなのに……」

「ガアアアアアッ！」

苛立《いらだ》ったように狼が吠《ほ》えた。短く雄々しい咆哮《ほうこう》が十二座敷の建物をびりびりと震わせ、伊緒と松子を怯《おび》えさせる。伊緒はずっと手にしていた洗いかけの大鍋を盾のように構え、松子を庇《かば》って狼を見た。

小柄で気弱な女子大生に大型肉食動物とこの距離で向き合った経験などあるわけもなく、心拍数がばくばくと跳ね上がっていく。その後方で松子が怯えた声を漏らす。

「こ、腰が……！　わっ、綿良瀬さんだけでも建物の中へ」

「何言ってるんですか！　しっかりしてください、菊地さん……！」

伊緒は慌てて言い返したが、その声は完全に裏返っている上に呂律《ろれつ》も怪しい。伊緒は自覚している以上に自分が恐怖していることに気付いた。狼は、獲物を吟味しているのか、あるいは別の思惑があるのか、二人を睨《にら》んだまま動かない。だらだらと流れる冷や汗を感じながら伊緒は必死に知識を漁《あさ》った。

ええと、狼に出会ってしまった時は……あ、あれ？　どうしたらいいんだっけ？

山の神に相対した時の対応策が民俗社会で語り継がれていないはずはない。本で読んだ記憶もあるのに、動転してしまって上手《うま》く頭が回らず、伊緒は何も思い出すことができなかった。

固まったままの人間二人を前に狼は再度低く唸り、じりじりと距離を詰め始める。ひぃっ、と二人が怯える声が重なった。走って逃げたところで追いつかれるのは目に見えているし、もう駄目なのだろうか……？　だが、伊緒が観念しかけたその刹那、聞き覚えのある凛《りん》とした声が響き渡った。

「大口真神殿！　あなたは仮にも山を統べる神でしょう！　こんなところで何をなさっているのです！」

そう呼びかけながら宿屋の陰から現れたのは、長い白髪を後ろで縛った灰色の着流し姿の青年だった。

「七郎さん！」

伊緒が感極まった声を響かせる。全力で走ってきたのだろう、七郎の体には着物が汗で張り付いており、息も荒れている。里の護り部である白蛇の化身は「遅れてすみません」

と伊緒たちに告げ、二人を守るように前に出た。

片方しかない七郎の視線に気圧《けお》されたのか、狼が前進を止め、体を低くして身構える。

その様子を青緑色の瞳で見据えたまま、七郎は背後の伊緒に抑えた声で語りかけた。

「伊緒殿、無事で何よりでした。松子様を守ってくださったようで、護り部としてお礼を申し上げます」

「い、いえ、私は何も……。でも、これ、どうして……？　狼は里に入ってこれないんじゃなかったんですか？」

「彼は自分が傷付くのを構わず無理矢理境界を突破してきたんです。里の外れのまじないが焼き切れていました」

「え。じゃあ、この狼の全身の傷は」

「その時に負ったものでしょう。伊緒殿もご存じのように、狼は茅《かや》が三本あれば姿を隠せる。おそらく彼はずっと里の近くにいたんです。しばらく鳴りをひそめて僕らを油断させた上で、境界を突き破って里に入ってきた……」

「でも、どうして」

「分かりません。本来の在り方を忘れたようにも見えないのですが——一体どうされたのです、大口真神殿？　あなたはこのような振る舞いを——」

「ガアウッ！」

七郎の問いかけを遮るように狼が吠え、牙をむき出しにして地を蹴った。

「問答無用ということですか」と七郎が不本意そうに叫び、白い大蛇へと姿を変える。本性に戻った七郎は、飛び掛かってきた狼の牙と爪を巧みに避け、その体に巻き付いた。見知った青年がいきなり蛇へと変貌したことに驚いたのだろう、松子が短い悲鳴を漏らす。

「ひっ……！」

「え？　あ、そっか、菊地さんは初めてですよね、七郎さんのこの姿……！　大丈夫です、七郎さんは七郎さんですし、それに、こうなったらすっごく強いので」

「ウガアアアアッ！」

伊緒の言葉に狼の唸りが重なった。狼が自身の体を大きく揺すると、巻き付いていた七郎は意外にもあっけなく振りほどかれてしまい、短く呻《うめ》きながら地面に転がる。えっ、と伊緒が驚きの声をあげる。

「七郎さん？　だ、大丈夫ですか」

「面目ありません……。僕ではどうにも力不足なようです」

思わず駆け寄った伊緒の前で七郎が青年の姿に戻りながら身を起こす。よろめく七郎に手を貸しながら、伊緒は気遣い、そして訝《いぶか》った。

「力不足って、だって、この前山で妖怪に囲まれた時はあんなに――」

そう口走りかけた矢先、伊緒の脳裏にあの時の七郎の言葉が蘇《よみがえ》った。

――「眼光」という言葉があるように、目は光を――夜の山のものたちが嫌うそれを、放つことができる器官です。加えて、僕のような口縄族……蛇や竜に類するものの目玉には、特別な力が備わっています。竜が携える宝珠のように。

まさか、と伊緒の胸中で声が響く。護り部にしてはあまりに華奢《きゃしゃ》な七郎の体を支えながら、伊緒ははっと息を呑んだ。大蛇にとっての眼球が力を蓄える器官だとしたら……。

「片目を使ってしまったから、その分弱くなってしまった……？」

「そんなことはありませんよ――と言えれば良かったんですがね……。どうも、瞬発力は落ちてしまっているようです」

「やっぱり……！　ご、ごめんなさい、私なんかの」

「ですから謝っていただく必要はありません。それより今は狼を――」

伊緒の肩を借りたまま七郎が狼を睨む。そうだ、確かに今はそっちだ、と伊緒は自責した。自分が慌てて七郎に駆け寄ってしまったおかげで、松子は単身で縁台の前に取り残されてしまっている。

狼は伊緒に支えられたままの七郎を一瞥《いちべつ》すると、怯え、へたりこむ松子にまっすぐ顔を向けた。そのまま一気に飛び掛かる――と伊緒は思い、あっ、と叫んでしまったのだが、なぜか狼は歩みを止め、その場で高らかに吼《ほ》え始めた。

「オオオオオオオオオオオオオオオオーン……」

山から何度も聞こえていた遠吠《とおぼ》えと同じトーンの声が、十二座敷の水場に響く。

どうやら松子を取って喰《く》うつもりはないようで、それは何よりではあるが……しかし、なぜこんなことを……？

戸惑った顔を見合わせる伊緒と七郎の前で、狼は何度も何度も吼えた。

まるで何かを訴えるような鳴き声に、松子は呆然《ぼうぜん》と聞き入り、狼を見返した。松子の視線を受け止めながら、狼はさらに遠吠えを繰り返す。伊緒も松子同様に、狼の不可解な行動に呆然としてしまっていたが、ややあってはっと気づいて叫んだ。

「って、何してるんですか、菊地さん？　建物の中へ逃げないと！　今は襲ってこないみたいですが、いつ――」

「……大丈夫です」

松子の意外な一言が伊緒の警告に被《かぶ》さり、打ち消した。

松子のその声は、猛獣を前にした老人とは思えないほどに落ち着いており、伊緒は深く困惑した。

大丈夫ってどういうこと？　大きく眉根を寄せる伊緒、それに七郎が見つめる先で、腰を抜かしてへたりこんでいた松子はゆっくりと立ち上がり、どこか物悲しく、それでいて申し訳なさそうな微笑を眼前の狼《おおかみ》へと向けた。

「……随分、お待たせしてしまいましたね。でも、おかげで全部思い出しました」

「ウォオオン」

松子の言葉に狼が短くうなずき、やれやれと言いたげに首を振る。松子は皺《しわ》の浮いた手を伸ばしてその鼻先をそっと撫でた。あの、と口を挟んだのは伊緒である。

「ど、どういうことです……？　『思い出した』って何を」

「私がここに呼ばれた理由です。それに、『鶴の恩返し』や『きつね女房』がずっと好きだったわけも……。そうか、そういうことだったんですねえ……。やっと、ようやく腑《ふ》に落ちました」

「腑に落ちた？　何がです？　すみません、私には何がなんだか――えっ」

伊緒の声が突然途切れた。

松子の――隠れ里に迷い込んできてしまった二人目の人間にして、ここ数日の間に親しくなった老人の姿がふわりとぼやけ、一頭の狼へと変貌したのである。

そのサイズは山からやってきた狼と比べると一回りほど小さかったが、同じ種であることは間違いない。大きな狼に寄り添う松子だった狼を見て、伊緒は大きく息を呑み、同時に全てを理解した。

——ほら、狐も鶴も、正体を知られてしまうと、動物の姿に戻って山や空へ消えていくでしょう？　私はその場面が好きだった……。と言うより、そこに惹《ひ》かれていたんですよ。

つい先日の松子の言葉がふっと思い起こされる。

そういうことだったんですね、と伊緒は得心した。

人から獣の姿に戻ってどこかへ帰っていく動物に菊地さんが心惹かれていた理由。それはおそらく、無意識のうちに自分と重ね合わせていたからだ。自分がいずれ本性に戻り、人の暮らしから離れなければならないことを、心のどこかで悟っていたから……。

七郎は何も言おうとはしない。伊緒と七郎が見守る中で、二頭の狼は懐かしそうにじゃれ合い、七郎たちに軽く頭を下げると、揃《そろ》って地面を蹴って走り出した。

竹垣に空いた大きな穴から飛び出した二頭は、振り返ることもせず山に向かってまっすぐ走っていく。軽やかで勇ましくて優美なフォームを見せつけながら、大小二頭の狼は風のように遠ざかっていき——やがて、その姿が見えなくなってしまった頃、伊緒はようやく口を開いた。

「菊地さんは……狼だったんですね」

「そのようですね」

七郎の抑えた声が響く。伊緒と同じく山を見つめたまま、護り部は「おそらくは」と言葉を重ねた。

「仲間がこちらの世界に移住した際、なんらかの事情で取り残されてしまった年若い狼だったのでしょう。松子様の経歴や、幼い頃の記憶がないことは僕も聞いています。数十年前、住んでいた森が開拓されて住処《すみか》を失った時、彼女は、自衛のため、本能的に人の子供に姿を変えたのだと思います。同時に記憶を失い、自分を人間だと思い込んだ……」

「どうしてそんなことに？　七郎さんみたいに力を使ってしまったからですか？」

「なんとも言えませんが、もしかしたら意図的に忘れたのかもしれません。人しかいない世界で生きていくなら、自分が本当は人ではない、などという記憶はない方が都合がいい。そして松子様はそのまま人間の人生を生き、人生の最期の時期が近づいた頃になってこちらへ来た……。迷い込んだと言っておられましたが、人に化けて記憶を失う時、最初からそうなるよう定めていたのかもしれませんね。人ならざる身のものが自身の正体を隠すことなく生きられる世界への転移を……」

「ある程度歳《とし》をとった時点で隠れ里に行けるようプログラムしておいたってことですか？　そんなこともできるんですか……？」

「狼……大口真神は強力で賢い神ですからね。ほぼ不老の神にしてみれば、人の人生なんてあっという間です。人間にとっては老人の年齢に達しても、元の姿に戻ればまだまだ生きられるわけですから、それくらいの仕込みはしておいても不思議ではありません。そして、元からこちらの山にいた狼は、仲間の匂いに気付き、山に呼ぼうとしていたんでしょう。

「ああ！　自分たちの本来の住処に」

「だからずっと里の周りで吼えてたんですね……！　でも、菊地さんがなかなか思い出してくれないから」

「ええ。直接呼びかけるしかないと思ったんでしょうね。至近距離から訴えれば、妖気……『神気』と呼ぶべきかもしれませんが、その気配でもって確実に自覚を促せる。そしてそれは成功したわけです。……いやはや、事情を知らなかったとはいえ、彼と彼女には悪いことをしてしまいましたね」

そう言うと七郎は伊緒を見て頬を掻《か》き、地面に刻まれた二対の足跡が向かった先、何事もなかったようにそびえる山へともう一度眩《まぶ》しそうな目を向け、笑った。

かくして狼の脅威は今度こそ去った。トボシもヌシの屋敷《やしき》から帰ってきたので、十二座敷はまた前と同じ顔触れに戻った。

変わったことと言えば、山から時折、狼の遠吠えが二つ重なって聞こえるようになったことくらいである。

松子も——その名前はあくまで人としてのもので、本名があるかどうかすら分からないが、少なくとも、長い長い一生のほんの一時期を菊地松子という人間として過ごしたあの狼も——元気でやっているようだ。その高らかな遠吠えを聞く度、そして山を見る度に、伊緒は一目散に山に向かって駆けていった狼のことを思い出すようになっていた。

そして同時に、伊緒はこうも考えるようになっていた。

「自分の居場所なんてなかなか見つからないものですよ」と語っていたあの女性は、自身の居場所をしっかり見出《みいだ》し、そこへ向かって迷いなく駆けていった。

なら自分は、綿良瀬伊緒という人間は、一体どこに居るべきで、一体どこに向かうべきなんだろうか、と。

田うえが　おわると　かかは　田のあぜに　すわって、ててっこうじに　ちちを　のませてくれた。
「なじょうも　いえに　もどってくれよのう」
と、とっつぁは　なんべんも　たのんだが、かかは　くびを　よこにふるばかり。
やがて　ててっこうじに　ちちを　のませおえると　かかは　しずかに　たちあがり、はっ　と　とびあがるや　きつねになって　グェーンと　ひとなき、山のほうへとんでいってしまった。

（「きつねにょうぼう」より）

第四話

渡り人の夜

七郎《しちろう》が倒れたのは、松子《まつこ》が狼《おおかみ》となって山に帰ってから半月ほど経《た》った頃のことだった。

七郎は毎朝ほぼ決まった時間に――もっとも時計がないので正確な時間は分からないわけだが――水場に姿を見せるのに、その日に限っては太陽が昇りきっても自分の部屋から出てこなかった。規則正しい七郎にしては珍しいこともあるものだと伊緒《いお》は思い、様子を見に行ったところ、襖の向こうから苦悶《くもん》する声が聞こえてきたのだ。伊緒が驚いたのは言うまでもない。

「し、七郎さん？　どうされたんですか？」

「あ、ああ、その声は伊緒殿ですか……？　おはようございます」

「おはようございます……。あの、すごく苦しそうですけど……大丈夫ですか？」

「大丈夫……です……。どうか、お気遣いなく……」

そう答える声は途切れ途切れで苦しげで、どこからどう聞いても大丈夫ではない。いっそう心配になった伊緒が「入りますよ」と告げて、鍵の掛かっていない襖を開けると、綺《き》麗《れい》に整理されたシンプルな部屋の中央に敷かれた布団の上で七郎が苦しんでいたのであった。

脂汗が枕や寝間着をじっとり湿らせており、もともと白い肌は普段以上に青白い。歯を食いしばっていた七郎は、枕元に屈《かが》みこむ伊緒に気付くと、ゆっくりと上体を起こし、乱れた髪を顔や首筋に張り付かせたまま苦笑した。

「やあ、これは伊緒殿」

「やあじゃないです！　どうしたんです一体？　ご病気ですか？」

「病気というか……おそらくは、狼の祟《たた》り……いや、呪い、でしょうね」

「狼の……？」

「ええ。先日、大口真神《おおぐちのまかみ》殿が里に入ってこられた折、僕は彼を止めようとしたでしょう。あの時に呪詛《じゅそ》を受けていたんだと思います。仮にも相手は神ですから、敵視されただけで呪われてしまう」

「そ、そういう話は読んだことはありますが……狼に睨《にら》まれただけの人が高熱を出して寝込んだ、って。でも、どうして今になって……？」

「……実を言うと、昨日までは抑えこめていたんです。このまま呪いは消えてくれるかとも思っていたのですが、片方しか目がない身ではそろそろ限界なようで……。抑えていた分の反動もあって、今朝方からこのざまというわけです。ははは」

「笑い事じゃないですよ！」

手ぬぐいで汗を拭いてやりながら、伊緒は七郎に反論した。片目になったせいでこんなことになっているならその原因は自分だし、そもそも原因が何であれ苦しんでいる七郎を放置しておくわけにはいかない。と、そこに背後から眠たげな声が割り込んだ。

「姉ちゃん、朝からうるせえよ——って、どうしたの兄貴?」

開け放たれたままの襖から顔を出したトボシが、汗まみれの七郎を見て目を丸くする。

眉をひそめるトボシの前で伊緒は七郎を再び寝かせ、口早に事情を説明した。

「早くなんとかしないと……。トボシ君、この里に病院とかお医者様は」

「ねえし、いねえよ」

「え? そ、そうなの? じゃあ具合が悪くなった人はどうするの……?」

「自力で回復できりゃそれでよし、できなかったらそれっきりだ。今の兄貴の様子からすると、それっきりになりそうな塩梅《あんばい》だけど……まあ仕方ないよな。消えられる時に消えといた方が幸せかもだし」

苦悶する七郎を見下ろし、トボシがけろりと言い放つ。その物言いに伊緒はぽかんと絶句した。

「仕方ないって……。トボシ君、七郎さんとは長い付き合いなんでしょう? なのにどうしてそんな——」

「い、いいんです、伊緒殿……」

苦しそうに口を挟んだのは七郎だった。横たわったままの七郎は、まず自分を見下ろすトボシに苦笑を向け、次いで息を呑《の》む伊緒を見た。

「伊緒殿の気遣いは、大変ありがたく思います……。ですが伊緒殿、トボシの考え方の方が、ここでは普通なのですよ……。この里にいるのはいずれも、元の居場所をなくしてしまい、さりとて消えるに消えられず、隠れ里に隠遁《いんとん》したものばかり……。寿命がないものも多いですから、存在することへの執着が人ほど強くないのです」

「執着が……強くない……？」

「はい……。そもそも、僕を含めた隠れ里の住人は、遅かれ早かれ薄れて消えるさだめ……。それは、伊緒殿もご存じのはずでしょう……？」

「は、はい」

か細い声の問いかけに、伊緒はおずおずうなずいた。そのことは、この里に来た翌日にキヌと七郎から聞いている。でも、と伊緒は心の中で付け足した。

あれを聞いた時は、まだ里に馴染《なじ》んでいなかったから、やはりここは異質な世界なのだという思いの方が強かったが、今となっては、この里の住人たちも現実世界の人間同様に――あるいは並の人間以上に――人らしい感情や機微を備えていると知っている。なのにどうして。

「どうしてそんな風に思えるんです？　七郎さんの言い方は、まるで……その、生きることを諦めてしまっているみたいな……」

「お若い方には分からないでしょうね……。寿命に限りがなく、あちらの世界に居場所もなくなってしまうと、そういう風に思うようになるのです……。神も妖怪も精霊も、人に忘れられ語られなくなるといずれは薄れて消えてしまう……。それは、この世界の理《ことわり》――原則ですから、僕らにはどうしようもありません……。僕も、トボシも……この隠れ里さえも、いずれは消えるのですから……」

「え。隠れ里も……ですか？」

「ええ。森に呑まれて消えるのは時間の問題でしょうし……僕らはそれを受け入れています……。ここは、そういうものたちが流れ着く、そういう場所なのですよ。ゆっくり消えて行ければいい、自ら命を絶つようなことはしないけれど、逝ける時が来たならそのまま運を天に任せて……というのは、隠れ里に住まうものに共通した考えで……」

「そんな……！　で、でも、薄れて消えてしまう運命を防げるものなら防ぎたいってキヌさんは言ってたじゃないですか？　七郎さんも、それはそうだ、って」

「……ですが、これは防ぎようのない自然の摂理だとも言ったはずです」

「じゃあ、七郎さんはこう思ってるんですか？　このまま――」

このまま死んでしまっても構わないし、むしろそれを願う、って。

そう口に出すことは伊緒にはさすがにできなかった。だがそれでも伊緒の問いかけはしっかり伝わったようで、七郎は何も答えず顔を伏せた。トボシも気まずそうに目を逸《そ》らすのみだ。価値観の違いを突きつけられ伊緒は呆然《ぼうぜん》としたが、すぐに我に返って言った。

「で、でも……今、助かりたくないわけではないんですよね？　治る方法があれば、それを使いますよね……？」

「……それは、まあ。実際、苦しいのは辛《つら》いですし」

「良かった……！」

七郎が苦笑交じりに漏らした返事にほっと安心する伊緒。だがそこに、壁にもたれたトボシが「良くはねえだろ」と割り込んだ。

「その『治る方法』がそもそもねえんだから。今言ったように医者はいねえし、そもそも兄貴は人じゃねえ。昔話や伝説の世界の住人ってのは、体の仕組みが姉ちゃんみたいな普通の生き物とは違うんだ。大蛇の化身の専門医なんか聞いたことねえだろ」

「確かに……」

ぶっきらぼうに投げつけられたその言葉に伊緒は思わず納得してしまい、慌てて「でも！」とだけ反論し、そして何も言えずに黙った。歯噛《はが》みする伊緒を見たトボシは、不可解そうに大きく首を傾《かし》げた。

「分かんねえなあ。なんでそんなに助けたいわけ？」

「え。なんでって——だって、七郎さんは私を助けてくれた人だもの……！　ちゃんと恩を返しきる、それまでは帰らないって決めてたのに」

「あー、開けちゃ駄目な座敷《ざしき》の前でそんなこと言ってたね」

「うん。でも、まだ全然恩返しなんかできてなくって……だから、このまま何もしないで放っておくなんて、そんなことできません、絶対に……！」

七郎を見つめたまま伊緒が言う。それを聞いたトボシは何も言おうとはしなかったが、少しは伊緒を見直したのか、ぴくりと眉を動かしてみせた。

それから少し後、伊緒はヌシの屋敷《やしき》を訪れていた。

「……委細は承知いたしました。それで、わしらの屋敷へ足を運んでみたと」

「はい。ヌシさんなら……ヌシさんたちなら何かご存じかと思いまして。キヌさんに聞いても何も分からないって言われてしまって、だったらもうヌシさんしかいないので……」

難題チャレンジの際に何度も訪れた大広間にて、壇上に四人並んだ同じ顔の美少女を前に伊緒はそう語り、「護《まも》り部《べ》がいなくなるのはヌシさん的には困りますよね？」と言い足した。むう、とヌシの一人が唸《うな》り、その隣のヌシが整ったしかめ面を伊緒へと向ける。

「その強請《ゆす》るような言い方……。最初の頃のお前はもっと純朴で怖がりで可愛《かわい》らしかったのに、すっかりスレてしまわれましたね」

「玄関先で大声で呼ぶわ」

「一人でずかずかヌシの屋敷に入ってくるわ」

「ほんと図太くなってしまったこと」

「す、すみません……！　急いでいたもので……。って、私のことは今は関係ないじゃないですか！　それより」

「分かっております。七郎の受けた呪いのことでありましょう」

ぴしゃりとした物言いが伊緒を遮る。はい、と無言でうなずく伊緒の前で、全く同じ顔の四人の美少女は物憂げにお互いを見交わした。

「確かに、里を外敵から守ってくれる存在を失いたくはありませんね。そうでありましょう、姉様方？」

「さればとて、この里には医者も薬もないというのもまた事実」

「狼の呪詛は厄介でありますから、自然治癒も望み薄……」

「あ、あの……。そこはヌシさんたちの力でどうにかならないんですか……？」

ヌシたちのテンポのいい会話に思わず伊緒は割り込んでいた。何、と一斉に自分を睨んだ四対の視線に気圧《けお》されつつ、伊緒はおずおず言葉を重ねる。

「わ、私の知っている隠れ里って、一種の桃源郷というか理想郷というか、そこにいる限り苦しむことはなく、必要なものはなんでも手に入る場所なんです。だから……」

「お前の言うように、隠れ里の多くは、訪問者に望む物を与える性質を持っています」

「で、ですよね？　良かった、だったら――」

「ただし。それはあくまで外部から訪れた者に対しての話。元々そこに住んでいた者の望みを叶《かな》えるわけではありませぬ」

「であるからこそ、鼠《ねずみ》浄土の鼠は転がり込んできた握り飯に歓喜し、竜宮城の乙姫《おとひめ》は病を治すために地上の猿の生き胆《いぎも》を求めたのでございましょう？」

思わず身を乗り出した伊緒に向かって、ヌシたちがぴしゃりと言い返す。その冷静な物言いに、伊緒ははっと息を呑んだ。言われてみればもっともだ。

「そ、そうか……。なんでも出てくるなら、自分たちでおむすびを出せばいいわけですもんね……。だったら、私を来訪者扱いにしていただくとか！」

「不可能です」

「そもそもお前がなぜここにいるのか、わしらもよく分かっておらんのですよ」

「そんなよく分からない相手を正式な来訪者と認めることはできませぬ」

「そうそう。一体全体、お前はなぜここにいるのです？」

「な、なぜなんでしょうね……？　それは私も知りたいんですが……」

困った顔で言葉に窮する伊緒である。と、ヌシの一人が、何かを思い出したのか「そう言えば」と伊緒を見据えた。

「トボシから聞いた話では、あの一本杉の上の天狗《てんぐ》の娘が」

「他人の声に耳を貸さなくなって等しく、希薄化して消えるのも時間の問題と思われていたあの娘が」

「お前の声には反応を示したとか。それは真《まこと》でありましょうか」

「え？　え、ええ……。でも、ちょっとこっちを見てくれただけですが」

「それがそもそも有り得ない話だと申しているのです」

「お前は一体なんなのです？」

「ただの学生ですけど……」

「ただの学生とやらに、どうしてそのようなことができたのです？」

「わたしに聞かれても……。七郎さんは、人間の声とか視線には、薄くなってしまった人を呼び戻す力があるのかもって仰《おっしゃ》ってましたが……」

伊緒がそう言うと、それを聞いたヌシは「ほほう」「なるほど」「だとすれば」などと口々に相槌《あいづち》を打ち、お互いに顔を寄せ合って何やら話し合いを始めてしまった。どうやら七郎の容態のことはもう完全に関心から外れてしまっているようだ。その無責任な態度に伊緒はがっくりと肩を落とし、そして考えた。

ヌシの力や知恵、隠れ里の特性などで助けられないのであれば、別の方法を探すしかない。昔話の世界の住人だから現代の医療には頼れないとトボシは言った。それは確かにそうなのだろう。でもそれって逆に考えれば、昔話のセオリーに則《のっと》った対処法なら効果はある、ということではないだろうか……？　たとえば――。

「あ！　そうだ！」

「なんです急に」

「いきなり大声を出されるものではありませんよ」

「年頃の娘がはしたない」

「す、すみません……。でも思いついたんです！　隠れ里は訪れた人の願いを叶えてくれるんですよね？　だったら、私が別の隠れ里に行ったら、七郎さんを治してもらえるんじゃないですか？　前に聞きました、隠れ里はここ以外にもあるんだって。ですから、別の隠れ里に行けば……！」

「確かに、一理はございます」

思わず大きな声を出した伊緒にヌシが落ち着いたコメントを返した。やっぱり、と喜ぶ伊緒。だが、ヌシは力なく首を横に振り、冷や水を浴びせるように淡々と告げた。

「ことは別の隠れ里への訪問。言うのは簡単ですが」

「しかしお前は、如何様《いかよう》にしてそこへ向かうつもりなのです？」

「無数に存在する隠れ里同士は、かつては山を介して繋《つな》がってはおりましたが」

「今やその繋がりはひどく不安定になっております」

「道が残っているのかどうかすら怪しいのですよ」

「え。そ、そうなんですか……？　地図とかあったり」

「あるわけがございません。かの道を知るのは、古来、渡り人のみでございます」

「わたりびと……？」

聞き慣れない言葉を伊緒が思わず問い返す。「そういう人がいるんですか」と伊緒が問うより早く、ヌシの一人が言葉を重ねた。

「人とはあくまで名ばかりで彼らは人にはあらず。渡り人とは」

「隠れ里から隠れ里を渡り歩く、里に定住しない妖怪たちの総称でございます」

「昔はこの里にも時折顔を見せておりましたが」

「最近は、里の寂れように心を痛めたのか、とんと姿を見せません」

「夜の山中で火を焚《た》いて寂しく酒を飲んでいるとかいないとか、そんな噂《うわさ》は聞いてはいますが、あくまで噂。会うことすら困難で——」

「なるほど……えっ？　そ、それが渡り人なんですか⁉」

「なんです失敬な。今そう申したでありましょう」

話の腰を折られたヌシがムッと眉尻を吊《つ》り上《あ》げる。すみませんと伊緒は謝り、姿勢を正して言葉を重ねた。

「夜の山中で火を焚いてお酒を飲んでる人……妖怪なら、私、見たことがあるんです。この里に来た最初の夜に……！」

七郎の本性に驚いて十二座敷から飛び出した時、山の中でそれらしい姿を目撃したこと、その時に宇治拾遺物語の一節を思い出したことも伊緒はしっかり覚えていた。と、それを聞いたヌシたちは全く同時に眉をひそめて視線を交わし、うちの一人が口を開いた。

「その言葉が真ならば……もしかしたら、人であるお前には」

「人でないものに会いやすい資質があるのやもしれませぬ」

「妖怪は人と出くわしてこそ存在意義を果たせるものであるがゆえに」

「自然と人を引き寄せるのかも……」

「そ、それって——だったら、私がもう一度山に行けば、渡り人に会えるかもしれないっってことですか？　そうですよね？」

四人が少しずつ語った文章に伊緒が勢い込んで食いつく。期待に満ちた視線を向けられ、この里のヌシである四姉妹は首を縦にも横にも振らず、ただ「可能性はなくはない」と答えるのみだった。

＊＊＊

「……つまり、こういうこと？　危険極まりない夜中の山で、いるかどうかも分かんない渡り人ってのを探して、話が通じるかどうかも分からないそいつに、あるかどうか分からないよその隠れ里への道を聞いて、戻って来れるかどうかも分からない上、どんなところかも分からない他の隠れ里に行って、兄貴を治してもらうってこと？　無理じゃん」

七郎の部屋に戻ってきた伊緒の報告を聞くなり、トボシはばっさり断言し、「先に言っとくけど、おいらは行かねえからな」と付け足した。辛辣ではあるが冷静なトボシの意見に、伊緒は口ごもって目を逸《そ》らした。

トボシの言うことも分かるのだが、しかし今のところ他に手はない。この部屋の主《あるじ》は、伊緒が出ていった時と同じく布団に横たわったままなのだ。

もっとも、寝間着は新しいものに替わっており、枕元には水の入った桶《おけ》や絞った手ぬぐい、水差しなどが並んでいる。ドライな言動を取りつつも、トボシはちゃんと傍《そば》に付いていてくれたようだ。そのことに安堵《あんど》しつつ、伊緒は布団の中の七郎に問いかけた。

「七郎さんはどう思われます……?」

「そうですね……」

尋ねられた七郎が口を開く。少しは落ち着いたのか、口調は平静ではあったが、顔色は依然悪く、汗も浮いている。横になったままですみません、と断った上で、七郎はあぐらをかいたトボシを、次いで正座した伊緒を見た。

「僕もトボシに同感です……。万一、渡り人に出会えて道を教えてもらえたとしても、隠れ里と言っても色々です。訪問者を捕えて危害を加える種類の里もある……」

「脂絞り屋敷や纐纈《こうけつ》城のことですよね……」

「そうです。そういうところに行き当たってしまうかもしれません。夜の山の危険性だって、伊緒殿はよくご存じのはずで——」

ふいに七郎の諭すような語りが途切れた。え、どうしたんです? 驚く伊緒とトボシの眼前で、七郎は一つしかない目をくわっと見開いた。横になった体が勢いよくのけぞって掛け布団を跳ね飛ばし、半開きになった口から苦悶《くもん》の声が漏れる。

「がっ、あ……うあっ……！」

「し、七郎さん！　しっかり——えっ？」

思わず近づいた伊緒だったが、七郎の肩を押さえようとした手は空を切った。七郎の姿が青年から白蛇へと——しかもせいぜい三十センチほどの小さな蛇へと——すっと変わってしまったのだ。小さな片目の蛇は苦しそうにじたばたと数回藻掻《もが》いたが、すぐに大きく息を吐き、そのまま動かなくなってしまった。

「え、し、七郎さん……？　まさか、もう——」

「落ち着きなよ姉ちゃん。気が早い。気を失っただけだって」

真っ青になって動転する伊緒の隣で、トボシが蛇の頭に触れて言う。そうなのか。伊緒はひとまず胸を撫《な》で下《お》ろし、傍らのトボシにすがるような目を向けた。

「でも、どうして急に小さく……？」

「おいらにも分かんねえけど、多分狼《おおかみ》の呪いが本格的に効いてきたんだと思う。このままだと、まあ……長くは持たないだろうね」

「そんな……！」

沈痛な顔のトボシの宣告に伊緒は絶句し、人間用の敷布団《しきぶとん》の上に転がった蛇へと向き直って指を伸ばした。爬虫類《はちゅうるい》は苦手なはずだが、嫌だとか触りたくないという気持ちは微《み》塵《じん》も湧かない。ひたすらに案じながら蛇の顎《あご》の下あたりに触れると、ほのかな熱と弱々しい脈動が伝わってくる。

まだ生きている、という微《かす》かな安心を覚える伊緒だったが、その安心は、この弱さじゃいつまで持つか分からない、という心配にあっという間に打ち消される。不安がどんどん募る中、伊緒は「そうはさせない」と心の中で言い切っていた。

たとえ自分一人でも、七郎を助けたい……いや、助けてみせる。

恩も返せないうちに死なせてたまるか。

＊＊＊

四方を山に囲まれたこの隠れ里では、夕方と呼ばれる時間はそう長くない。傾きかけた太陽はあっさり西の山に隠れてしまうためである。

その日、短い夕焼けが消え、空の大半が藍色から黒へと変わるのを待って、伊緒は十二座敷《ざしき》を出た。いつもの緑の着物姿だが、右手には提灯《ちょうちん》を掲げ、左手に提げた手桶《ておけ》にはぐったりととぐろを巻いた片目の蛇が入っている。

分厚く丈夫に編んだ草鞋《わらじ》で荒れた道を踏みしめて進みながら、伊緒は手桶の中の七郎を見た。病人を丸裸で木製の容器に入れて持ち歩くのはどうなのか、布でくるむとか、懐に入れたりした方が良《い》いのでは……と伊緒は思ったのだが、本人が外気に触れていた方が気持ちいいと言うのだから仕方ない。

「七郎さん、大丈夫ですか？」

「一山を越えたのか、少しは楽になりました……。と言っても、人の姿に変わったり、元の大きさに戻ったりするのはまだできそうもないですが……」

「無理しないでください。もう少しだけ頑張ってくださいね」

「すみません、僕なんかのために……」

手桶の中で首だけを持ち上げた七郎が、先が二つに割れた舌をちろちろと揺らして弱々しい声を発する。とりあえず会話に応じる元気があることに伊緒は安心し、手桶の中を見返した。

「『僕なんか』なんて言わないでください」

「え？」

「七郎さんが言ったんですよ。自分を卑下するような言い方は、聞かされる方を悲しくさせる、って。私は七郎さんに生きていてほしいんです」

山へと通じる道を歩きながら、伊緒はしっかりそう言い切った。それを聞いた七郎は、片方しかない目をきょとんと丸くした後、ひゅっ、と細い息を吐いた。どうやら笑ったらしい。

「伊緒殿……。強くなられましたね……」

「え？　そんなことはないですが……。背は小さいままですし、力だって全然ですし」

「僕が言っているのは、心の話ですよ」

「心……？　うーん、そうだったらいいんですけど……でもやっぱり、変わっていないと思いますよ。今だって、実を言うと、ものすごく怖いし心細いんですから」

「そうなのですか？」

「はい。だって、あんな目に遭った夜の山にもう一度登るんですよ？　しかも今度は何かあっても七郎さんに助けてもらえないし、また山姥《やまんば》が出たらどうしようって」

「ももんがあッ！」

「きゃあああああああああっ！」

唐突に背後から響いた大声に伊緒は思わず悲鳴を上げた。七郎の入った手桶と提灯を取り落としそうになり、慌てて取っ手を掴《つか》みなおす。青ざめながら提灯を突き出してみると、灯《あか》りの中に浮かび上がったのは、十二、三歳ほどの少年の姿だった。

裾の短い緑の小袖に紅色の半纏《はんてん》姿で、大きな笠《かさ》を首の後ろに回し、手にはひょうたんを提げている。間違いなくトボシである。「だらしねえなあ」と笑うトボシに、伊緒は血相を変えて詰め寄った。

「な、何考えてるの！　心臓が飛び出るかと思ったじゃない！　どういうつもり？」

「どういうつもりも何も、『ももんがあ』はびっくりさせる時の決まり文句じゃねえの。あ、もしかして今は言わない？」

「言いません！　というか、そういうことを聞いてるんじゃなくて――」

「手土産は？」

「私は今……はい？」

トボシの短い問いかけが伊緒の言葉に被《かぶ》さり、遮る。手土産ってなんのことだ。伊緒と七郎が顔を見合わせると、トボシは「これだから堅物は」と呆《あき》れてみせた。

「姉ちゃんはこれから渡り人に話を聞くんだろ？　一人で気持ち良く……かどうかは知らないけど、一人酒してるやつのところに手ぶらで押しかけてって、私は困っているから助けろって言うつもりなのかい？　まともなやつでも引くよ、それ」

「え。あ、確かに……」

「やっと気付いたか。酒飲みと話そうと思ったら、まずはこれだよ、これ」

そう言ってトボシは手にしたひょうたんを掲げ、伊緒の顔の前で栓を抜いてみせた。濃厚で甘ったるいアルコールの香りに伊緒が思わず顔をしかめる。

「お酒……？」

「おいら秘蔵の果実酒だよ。山にいる妖怪は大体これが好きなんだ。それにほら、おいらは元々は山の妖怪だからね。姉ちゃんよりは警戒されないと思うぜ？」

自慢げに笑ったトボシが再び栓をする。なるほど確かに。伊緒は素直に感心し、次いで、え、と驚いた。

「じゃあトボシ君、一緒に来てくれるの？」

「来ないと言っていたはずでは……？」

伊緒に続いて手桶の中の七郎が息を吞《の》む。合計三つの目玉に見据えられたトボシは、日に焼けた頬を薄赤く染めて目を逸らし、何も答えずに伊緒の提灯をひったくった。

「渡り人がいるなら山の奥の方だよな。じゃ、とりあえず山道をまっすぐでいいか」

わざとらしい台詞《せりふ》を口にしながらトボシがずんずん歩き出す。素直じゃないなあとは思うものの、心強い同行者の登場は素直に嬉《うれ》しい。伊緒と七郎は視線を交わして微笑《ほほえ》み合い、トボシの後に続いた。


一行が山に入ったのはそれからすぐのことだった。

繁《しげ》った枝葉が月や星の光を遮り、一歩進むたびに草や枯れ枝が足先に触れ、四方に広がる濃厚な闇の中からは鳥とも獣とも妖怪ともつかないものの気配が常に漂っている。前と変わらず不気味な様相に伊緒は過剰に身構え、トボシや七郎もそれなりに警戒したのだが――意外なことに、三人にちょっかいを出してくる妖怪は全く現れなかった。

おかしいな、と伊緒がつぶやく。

「前に来た時は足を引っかけられたり、近くから急に音が聞こえたりしたのに……」

「だろうね。夜の山ってそういう場所だし。今だって気配はあるんだけど、近づいて来ねえんだよな……。なんだろうこれ。兄貴はどう思う？」

「もしかしたら、ですが……大口真神の導きかもしれませんね」

「大口真神？　狼が守ってくれてるってことですか？」

「推測ですけれど……。僕に呪詛《じゅそ》を掛けてしまったことは、もう変えようがない事実だとしても、伊緒殿は松子様を――つまり山の神の同族を、支え、庇《かば》った人でしょう？」

「なるほど。姉ちゃんには恩義があるから、今度はこっちが助けてやる番、ってことか。ありえるかもね。狼ってそういうところは義理堅いって聞くし……。それか、あの婆《ばあ》ちゃんが姉ちゃんのことまだ覚えてて、睨《にら》みを聞かせてくれてるのかもな」

提灯を掲げて危なげなく進むトボシが周囲の闇に目を配って言う。なるほどと伊緒は得心し、菊地《きくち》さんが守ってくれているのなら嬉しいな、とも思った。

なんにせよ妨害がないのはありがたい。みなぎっていた緊張感が薄れていく中、七郎が
「それにしても」とトボシに語りかける。

「よく来てくれる気になりましたね、トボシ」

「うん、ほんとに……！　ありがとうトボシ君」

「そういうまっすぐな感謝はやめろ。苦手なんだよ。恥ずかしくなるし」

「ご、ごめんなさい……。でもほんとに、どうして来てくれたの？　やっぱり七郎さんを助けたいから？」

「それもある。兄貴は唐変木の朴念仁だけど、一応同じ宿に住む知り合いだしな」

「そうだよね……って、『それも』？」

トボシの発した短い答を伊緒は思わず繰り返していた。他に何があると言うんだろう。顔を覗《のぞ》き込みたかったが、トボシは伊緒の前を歩いている上、首の後ろに笠を回しているので、その表情はまるで見えない。積もった落ち葉を踏みしめながら、トボシは少し声のトーンを落とし、「今朝、兄貴が言ってたろ」と続けた。

「妖怪ってのは基本そこまで生き意地が汚くなくて、もう居場所もないし未練もないし、ゆっくり消えて行ければいいやと思ってる、とかなんとか。まあ、妖怪が全部そうってわ

けじゃなくて、道具系とか化け猫とか、元々都会で生まれたような妖怪には、今の世界の今の街に適応してるやつも多いみたいなんだけど」

「そうなんだ……」

「又聞きだけどね。……でもさ、やっぱり、そういうのが無理なやつもいるんだよ。おいらもその口で、こっちに来たのは、言っちまえば、蒸発願望ってやつで……。だから、この生活は気に入ってたんだ。何をやらなきゃいけないなんてこともなくて、いずれ薄れて消えるまで、イチャイチャベろベろしてりゃいいんだから」

「イチャイチャベろベろって——あ、あのね、トボシ君？　子供がそういうことを言うのもやるのも、私はやっぱり良くないと思う」

「はいはい」

顔を赤くして怒る伊緒の苦言をトボシが振り向きもせず受け流す。伊緒は「もう……」と呆れた後、手桶の中の七郎と顔を見交わした。トボシの言っていることは、共感はできないものの理解はできる。できるのだが、だったらなおのこと、手伝ってくれる理由が分からないのだ。

「ごめんトボシ君、結局どういうこと？　どうして一緒に来て——」

「姉ちゃんだよ」

伊緒の質問を聞き終えるより早く、トボシの短い声が響いた。え、と戸惑う伊緒の前で、トボシはさらに言葉を重ねる。

「ちびで怖がりで弱くって何もできなくてさ。そのくせ、帰らなきゃ、恩を返さなきゃってうるさくて」

「お、大きなお世話です！」

「馬鹿にしてるんじゃねえよ。……なんつうか、久しぶりに見たんだよな、そういう諦めの悪いやつ。この里にはそういうのいねえから。……で、なんか懐かしくなって、嬉しくなって……まあ、助けてやってもいいかなって思ったんだ」

「トボシ君……！」

感極まった声を漏らす伊緒。トボシは「柄にもないこと話しちまったな」と小声で自嘲し、思い出したように振り返って手桶《ておけ》を指さした。

「そう思ってるのはおいらだけじゃないぜ？　そこにいる七郎の兄貴なんかもう、最近は姉ちゃんのことしか考えてないんだから」

「え」

「トボシ？　何を――」

伊緒の漏らした戸惑いの声に七郎の大声が被さった。具合が悪いのに無理して大きな声を出したせいだろう、持ち上げていた七郎の首が桶《おけ》の底にべたんと落ち、その衝撃が伊緒の手に伝わる。

「だ、大丈夫ですか、七郎さん？」

「すみません。とりあえず、大丈夫です……」

気遣う伊緒の顔は赤くなっており、答える七郎も――蛇なので顔が紅潮することはないものの――照れているのは明らかだった。お互い次の言葉が出ないのだろう、無言のまま視線をちらちら交わす二人の様子に、トボシは「初心《うぶ》なことで」と肩をすくめた。

「つうか、その様子だと姉ちゃんほんとに気付いてねえな」

「気付いてないって何が……？」

「姉ちゃんが来てから里の空気が変わったってこと。姉ちゃんのこと気に掛けてるやつ、案外多いんだよ？」

「そ、そうなの？　でも、多いも何も、仲良くしてくれるのはキヌさんくらいだよ？　そもそも話ができる人もほとんどいないし」

「当たり前だよ。相手は何百年も生きてて、しかも薄れて消えかかってるような連中だぞ。気持ちが動いたとしても、それを表に出すのに時間がかかるんだ。だから、前の里を知らない姉ちゃんにはピンと来ないだろうけど――最近、ちょっとずつ活気っつうか、生きてる感じが戻ってきてる。そのことはヌシも気にしてるんだぜ」

「そ、そうなんだ……」

そんな変化が生じていたことなど全く気付いていなかったし、正直実感もまるでないのだが、自分の存在が良《い》い方向への変化のきっかけになったのなら、それは伊緒にとっては嬉しいことだ。伊緒は胸に手を当てて喜びを噛《か》み締《し》め、教えてくれてありがとう、とトボシに呼びかけた。ストレートな感謝をぶつけられたトボシがキレる。

「マジでやめろ！　だからそういうまっすぐなの苦手なんだって言ったとこだろ。……あ、あ、くそ、山の空気に当てられたのか、変なこと話しちまったな」

「ううん、教えてくれて嬉しかった。ありがとう」

「ありがとうございますトボシ。僕からもお礼を」

「やめろ頼むから。つうか姉ちゃん、こっちでいいんだよな？」

「え？」

「いや、『え？』じゃなくて。前に渡り人を見た場所思い出してくんないと」

少し歩調を緩めたトボシが振り返って告げる。今になってそんなこと言われても、と伊緒は戸惑った。

「そんなの、覚えてないよ……！　トボシ君が自信満々に歩いていくから、てっきり心当たりがあるのかと」

「ねえ！　とりあえず山道をまっすぐとしか言ってねえだろ、おいら。で、もうだいぶ入ってきたわけだけど、前に見た時はどのへんで、山に入ってどれくらい歩いた？」

「え、ええと……ごめんなさい。全然覚えてない……。結構山の奥で、道なりに歩いていたのも間違いないとは思うんだけど……」

先ほどの嬉しそうな声から一転、この上なく心細い声を発する伊緒である。これだから人間は、と聞こえよがしに溜息《ためいき》を吐くトボシを七郎がなだめた。

「まあまあ……。無理もないですよ。それに、ヌシの推測が正しければ、伊緒殿はそういったものに巡り合いやすい資質を持っているかもしれないわけですから……ひとまず、適当に歩き回ってみればいいのでは」

「いいのでは？　じゃないっつうの。兄貴はほんと呑気《のんき》だね。あんたの問題なんだぞ」

トボシが顔をしかめ、確かに、と伊緒が同意する。かくして三人は、特に当てもないまま夜の山を彷徨《さまよ》い歩くことになった。邪魔をしたり襲い掛かってきたりする妖怪が出ないのは助かるが、渡り人の気配もないまま時間が過ぎていく。

そうして、どれくらい歩いたっけ、これはもう無理じゃないだろうか……と伊緒がいよいよ思い始めた、その矢先。胴回りが大人の胴体ほどもある大樹の向こう、斜面で剝《む》き出しになった岩肌の下に、ちらりと小さな炎が見えた。

どうやら誰かが焚火《たきび》をしているようだ。炎の隣には、座り込んでいる人影が一つだけ見える。マジか、とトボシが足を止めた。

「いたよ、おい。あれだよな？　あれが渡り人だよな、姉ちゃん？」

「私に聞かれても分からないけど……でも、前に見た時と同じ雰囲気なのは確か」

息を呑《の》んだ伊緒が言う。手桶の中の七郎が「行ってみますか」と口を開き、それをきっかけに伊緒とトボシは焚火に向かって歩き出した。


揺れる炎を前にしていたのは、身の丈百八十センチほどの筋肉質の男であった。

色褪《いろあ》せた着物の上に獣の毛皮を羽織るという猟師のような風体で、肩掛け紐《ひも》の付いた木箱に座り、焚火で焙《あぶ》った干し肉を肴《さかな》に、小さな盃《さかずき》をちびりちびりと傾けている。

その肌は乾いた血のように赤黒く、盃を摑む指の先には大きく太い爪が伸び、前頭部からは立派な角が二本、斜め上に向かって突き出していた。明らかに人ではない。と言うか、見るからに鬼である。

「瘤《こぶ》取り爺《じじい》」だったら、主人公の爺が見つけるのは鬼たちの賑《にぎ》やかな宴《うたげ》のはずである。眼前の光景には、あの有名な昔話のように楽しげな雰囲気はまるでないし、むしろ近づくなというオーラが激しく出ているわけだけれど、ここまで来て帰る手はない。提灯《ちょうちん》を掲げたトボシと手桶を提げた伊緒が恐る恐る近づくと、渡り人と思《おぼ》しき男——鬼——は、じろり、と伊緒たちを睨《にら》んだ。

「なんの……用だ……」

かすれたような低く重たい声が響く。その語り口は異様にゆっくりとしており、まるで言葉を覚えたばかりか、あるいは久しく誰とも話していなかったようだ、と伊緒は思い、おそらく後者なのだろうとも思った。提灯を持つトボシが明るく切り出す。

「そう睨むなよ。おっさん、渡り人ってやつだよな？」

「そう呼ばれたこともあるが……」

「やっぱり！　てかおっさん、山にいるのに普通に実体もあるし、ちゃんと言葉が通じるのな。そういうのもいるんだ」

「それがどうした……？　お前たちは……？」

「そう怖い顔をしなさんなよ、別に怪しいもんじゃないって」

「それを判断するのは……お前じゃない……。俺だ……」

「ごもっともで……。……なあ姉ちゃん、すげえやりづらいんだけど、この後どうしたらいいわけ？」

睨まれてびくついたトボシに小声で問いかけられ、伊織は「ええと」と思案した。ここが昔話に語られるものたちの世界であり、今目の前にいるのが瘤取り爺《じい》さんの鬼に類する存在であるなら、あの話をなぞるのが正解のはずだ。

でも、と伊織はさらに考える。「瘤取り爺」は、いわゆる「隣の爺」型、すなわち正直爺さんと意地悪爺さんが対になって登場し、対照的な結果を与えられるという形式の昔話の代表格だ。そしてあの話の中では、最初から下心を持って鬼に接した隣の爺は、不幸な結末を迎えることになっており……。

「あっ……！　も、もしかして、何か与えてもらおうと思って会いに来た時点で、私たちは『隣の意地悪爺さん』扱いになっちゃう……？」

「え。何それ。そうなの？　先に言えよ！」

「落ち着いてトボシ。今更言っても仕方ありませんし……ここは、ひとまず挨拶を。何も言わないのは失礼ですよ」

青くなる伊織とトボシを手桶の中の七郎が促す。それは確かにその通りだ。というわけで伊織たちが「麓の隠れ里に住んでいるものです」と名乗ると、渡り人は「そうか」とだけ答え、また一人酒を再開してしまった。くそやりづれえ、とトボシが隣の伊織たちにだけ聞こえる声量でぼやく。

「せめてそっちも名乗れよ！　で、この後は？　強引に隣で飲めばいいの？」

「それはどうかと……。迎え入れてもらわないといけないわけでしょう」

「そうですが……」

七郎に相槌《あいづち》を打った伊緒が言《い》い淀《よど》む。鬼が歌って踊っているならそのノリに合わせてしまえばいいはずで、それはそれで陰キャラな伊緒にはハードルが高いわけだが、ここまで「かかわるな」というオーラを出されているとなお困る。微妙に距離を取ったまま様子を窺《うかが》っていると、渡り人の鬼はふいに盃を持つ手を止め、伊緒たちを見ようともしないまま声を発した。

「一ボコ……二ボコ……」

意味が分からない上、語りかけているのか独り言なのかすら不明な声が夜中の山中に静かに響く。「はあ？」と眉をひそめるトボシの隣で伊緒は戸惑い、直後はっと息を呑んだ。

渡り人の語りはさらに続く。

「三ボコ……四ボコ……」

「わ、私も足して五ボコ！　じゃない！　ええと、三人いるから、七ボコ……です！」

謎のカウントに続けて伊緒が慌てて口を開いた。もともと人見知りな上に緊張していたため、早口になってしまったが、それを聞いた渡り人は太い眉をぴくりと動かし、感心するように唸《うな》った。

「礼儀は……知っているようだな……。座れ……」

盃を持ったままの手で渡り人が焚火を示す。どうやらひとまずは成功のようだ。伊緒はほっと息を吐き、「失礼します」と七郎ともども焚火に近づいて、丁度いい位置にあった平たい石に腰を下ろした。提灯の中の蠟燭《ろうそく》を吹き消したトボシが「ちょっと」と伊緒の袖を引っ張る。

「姉ちゃん今のボコボコってのは何？ 暗号？」

「瘤取り爺さんのマイナーなバリエーション……あんまり知られていない話にね、ああいうやりとりがあるの。『一ボコ』『二ボコ』と続く数え歌に『五ボコ』と合わせることで、鬼たちに認められるっていう……」

そもそも、数え歌を歌い継ぐことによって異界の存在に迎え入れられるというこのパターンは世界的にも広くみられるもので、たとえばケルト民話にも「月曜」「火曜」と歌う妖精に「そして水曜日」と合わせることで福を授かる話がある。大学の講義で聞いた内容を思い起こして伊緒が語ると、トボシは感心とも呆《あき》れともつかない顔をした。

「変なことばっかり知ってるんだね姉ちゃん」

「う」

「そういう言い方をするものではありませんよ、七郎さん」

「いつも庇《かば》ってくれてありがとうございます、トボシ……。それで、あの、渡り人さん……？　実は私たち」

「承知している……」

ようやく事情を話そうとした伊緒を渡り人の抑えた声が遮った。いや、まだ何も話してませんけど。首を傾《かし》げる伊緒たちを前に、角を生やした巨軀《きょく》の怪人はふうと息を吐き、酒を一口飲んでから続けた。

「お前たちが近づいてきた時から……既に……全て見えている……。あらかじめ目的を持って近づくと、不幸な結末を与えられるのではないか……そう案じていたが……その心配は不要だ……。下心の有無は関係ない……。大事なのは、敬意と真摯さ……そして邪念がないことだ……」

長話は苦手なのだろう、渡り人が時折口を潤しながら途切れ途切れの言葉で語る。全て見透かされていたことに伊緒は驚き、そうか、とトボシが膝を叩《たた》いた。

「あんたサトリか！」

「サトリって——確か、人の心を読む山の妖怪……？」

「さすが詳しいな姉ちゃん。だけど惜しい。サトリってのは、妖怪の名前であるだけじゃなくて、そういう力や体質のことでもあるんだよ。山の妖怪にはその力を持ってるのが結構いるんだけど、おっさんもその類なんだな？」

トボシのその問いかけに渡り人が無言で首肯する。それを見たトボシは「じゃあ隠しても仕方ねえ」と苦笑し、提げていたひょうたんの栓を抜いて突き出した。

「もう事情が分かってるってんなら話が早いや。おっさん、いける口なんだろ？　とりあえずどうだい」

「……いただこう」

「そう来ないと」

トボシが持参した果実酒を盃に注ぐ。芳醇《ほうじゅん》な香りを発するそれを、渡り人は一息に飲み干し、ぷは、と気持ちよさそうに息を吐いた。

「ふむ……。悪くない……。それで――お前たちは、何が知りたい……？」

「え」

「いや、心読めるんだろ。読めよ」

「誰かと言葉を交わすのは久々だ……。たまには、耳で言葉を聞きたくなった……」

干し肉も適当に食えと仕草で示しつつ渡り人が話の先を促す。その要望に伊緒は面食らいはしたものの、元々口で言うつもりだったわけなので、特に困ることはない。

というわけで伊緒は事情を説明し「お願いします」と頭を下げた。話を聞き終えた渡り人は、なるほど、と言いたげにうなずき、視線を上げて口を開いた。

「他の隠れ里は確かに存在し……その中には、来訪者の願いをかなえるところも、確かにある……。いや、あった……」

「あった……？　じゃあ、今はもうないってことですか……？」

「分からない……。かつては、それぞれの里は、山で隔てられていたものの、街道や、あるいは洞窟などで繋《つな》がり……俺のような渡り人は、それを使って、里から里へと渡っていた……。だが……今やその繋がりは希薄になり……どこにどれだけの里が残っているのか分からない有様《ありさま》だ……」

「そうなのですか？　渡り人と呼ばれる方たちは、その道も熟知しておられるのかと」

「昔の話だ、うぐいす浄土の護り部よ……。今の俺にはもう、里を渡り歩く気力はない……。今や、どこへ降りることもない、ただの山鬼だ……」

「そんな……！　じゃ、じゃあ、七郎さんは、助けられない……？」

淡々と告げられた渡り人の言葉に伊緒の顔が青くなる。だが渡り人は「そうとは言っていない」と首を横に振り、座っていた木箱を開けながら続けた。

「向けられた敬意には応えるのが、鬼の流儀だ……。鬼神には、横道はないが故に……」

「はい？　何それ。ことわざ？」

トボシが首を傾げたが、伊緒はその言葉を知っていた。

「鬼神に横道なきものを」。鬼は卑怯《ひきょう》なことなんかしないのに、という意味のそのフレーズは、都を震え上がらせた強大な鬼・酒呑童子《しゅてんどうじ》が、人間と神の計略に嵌《は》まって討ち取られた際に言い残した言葉である。鬼の矜持《きょうじ》を示しているのだろうが、人間としてはちょっと居心地が悪い……などと伊緒が思っていると、渡り人の男は小物が色々詰まった木箱の中から真っ黒な蠟燭を取り出した。「蠟燭？」とトボシが顔をしかめる。

「いや、話の流れからして地図じゃねえのかよ。蠟燭くらいこっちも持ってる」

「これは……ただの蠟燭ではない……。かの、金平狸《きんぺいだぬき》の蠟燭だ……」

「きんぺい？　あっ、それ知ってます……！　金平狸がくれた蠟燭を提灯に入れると、深い森でも、道に迷わず目的地に辿《たど》り着《つ》けたっていう……！」

「それだ……。この蠟燭は、持ち手の望みに従って道を作り、繋げ、照らす……」

「作って繋げて、照らす……？　導いてくれるということですか？」

「そうだ、護り部の蛇よ……。山は本来、どこにでも繋がっている……。その無数の繋がりの中から、望んだものを手繰り寄せて照らし出す力が、この蠟燭には籠められている……。かつては、里から里へ渡る時に使っていたものだが……使いたければ使うがいい……。運が良ければ、望み通り、別の隠れ里に行ける……」

そう言って渡り人は黒い蠟燭を無造作に突き出した。ありがとうございます、と伊緒が受け取る。

「ええと、お礼は」

「不要だ……。俺の居場所は今や山、その蠟燭を使う当てもない……。使ってやれば蠟燭も喜ぶ……。帰路に就く時は、戻りたいと念じれば良いだけだが……ただ」

「ただ？　何かあるのかよ、おっさん」

「火が消えるまでにここに戻らないと、二度と帰ってこれなくなる……。それと、蠟燭で照らした道を歩めるのは……一人だけだ……」

「一人だけ？　ええと、七郎さんは桶《おけ》に入ってるんですけど、これを持っていくのは」

「駄目だ……。心と体を備えていれば、それは一人と換算される……」

「そ、そうなんですね……」

渡り人の淡々とした解説に伊緒たちは顔を見交わした。別の隠れ里に七郎を連れて行ってその場で治してもらえれば一番良かったのだが、どうもその手は使えなさそうだ。

「だったら、山に慣れてるトボシ君が」

「姉ちゃんが行け」

伊織の提案とトボシの命令が重なった。え、と戸惑う伊織が何かを言い足すより早く、トボシが念押しのように続ける。

「行ってきなっつってんの。昔話の決まり事には姉ちゃんの方が詳しいし、ぶっちゃけおいらはそこまでやるのは面倒だし……。つうかさ、兄貴を助けたいのは姉ちゃんなんだろ。ちゃんと恩を返しきるまでは帰れないんじゃなかったの？」

「──あ」

日中に自分が口にしたフレーズを突きつけられて、伊織が短く唸り、黙った。

その通りだと伊織は思った。本音を言えば、怖いし不安だし、それに何より自信がない。だがしかし、一人でも七郎を助けてみせると、恩も返せないうちに死なせてたまるかと、自分はそう誓ったはずだ。

腹をくくったつもりだったのに、トボシが同行してくれたおかげで弱気癖が戻ってきてしまっていたようだ。そんな自分に呆れながら、伊織はしっかりうなずいた。黒い蠟燭を握り直し、手桶《ておけ》の中の七郎に告げる。

「──私、行ってきます、七郎さん」

「すみません……。僕が不甲斐《ふがい》ないばかりに……。ですが、どうか、どうかご無理はなさらないでください。これは危ないなと思ったらすぐ引き返してくださって結構ですし、なんなら危なそうな気配がしたら回れ右」

「うるせえよ兄貴。病人はおとなしく待ってろ。じゃあ姉ちゃん、おいらは兄貴見ながらこのおっさんと飲んで待ってるから」

「……何？　ここで待つ、だと……？」

「いいだろ別に。おっさん、たまには初対面の相手と飲むのもいいもんだよ」

訝《いぶか》る渡り人を愛嬌《あいきょう》のある笑顔で見返し、トボシがひょうたんに口を付ける。その調子の良さに苦笑した後、伊緒は宿から持ってきた提灯《ちょうちん》を手に取った。

焚火《たきび》の炎を移した黒い蠟燭を提灯に入れると、ぽう、と淡い光が広がる。円形に広がった光は、スッ、スッと、前方を指し示すように揺れていた。

なるほど、導いてくれるというのはこういうことか。

「……じゃあ、行ってきますね」

「どうかくれぐれも……くれぐれもお気を付けて……！」

「はい。七郎さんこそ、もう少しだけ辛抱してくださいね。私、すぐ帰ってきますから」

不安がる七郎にカラ元気を振り絞った笑顔で応じ、伊緒は光の導く先へ歩き出した。

落ち葉を踏みしめる音と淡く丸い光とが、焚火から次第に遠のいていく。手桶のへりに首を掛けた七郎は、それはもう心配そうに伊緒を見守っていたが、その後ろ姿が見えなくなると、ふはあ、と大きな息を吐いた。ぐったり弱った七郎を見て、渡り人が抑えた声を発する。

「随分、無理をしているな……。あの娘の前では平静を装っていたようだが……その実、相当呪詛《じゅそ》が回っている……。さぞ苦しかろう」

「……ええ。お恥ずかしい話ですが、今にも意識が飛びそうです。しかし、さすがサトリの渡り人殿ですね。僕がやせ我慢していると、よくお分かりに」

「あのね兄貴。言っとくけどおいらにもバレバレだったからね？　姉ちゃんを心配させたくないのは分かるけどさ」

「トボシにも気付かれていましたか……。僕は、彼女さえ心安らかで、無事でいてくれれば、それで良かったのですが……」

はあはあと苦しげに息を吐きながら、伊緒が去った先の暗がりを見つめ続ける七郎。その姿に、トボシは憐憫《れんびん》とも尊敬ともつかない視線を向け、少し沈黙した後、渡り人に向き直った。

「じゃ、飲もうぜ」

＊＊＊

「――兄貴。兄貴！　七郎の兄貴！」

「……え。あ」

自分を呼ぶトボシの声に、七郎ははっと覚醒した。

どうやら意識を失っていたらしい。いつの間にか夜が明けてしまったようで、空は白み始めており、あの渡り人の姿はない。依然として全身を苛《さいな》む熱と痛みに耐えながら、七郎は焚火の始末をしていたトボシに声を掛けた。

「わ、渡り人殿は……？」

「一番鶏《いちばんどり》が鳴いたあたりでどこかへ行ったよ。明るいうちは自分の時間じゃないとか言ってた。里に来ないかって誘ってみたんだけど、自分は山が性に合ってるから、って……。そうそう、兄貴によろしく言っておいてくれってさ」

「そうですか……そうだ、伊緒殿！　伊緒殿は――」

「まだだよ。ったく、そろそろ蠟燭《ろうそく》も燃え尽きる頃だろうに……何やってるんだか」

そう言ってトボシは伊緒が去った山道を見やり、空になったひょうたんからこぼれる雫《しずく》を舐《な》めた。息を呑《の》んで絶句した七郎に、トボシが言いづらそうに声を掛ける。

「……あのさ。もしも姉ちゃんが帰ってこなかったら」

「僕の責任です……！」

「いや、そういうこと聞いてるんじゃなくてさ。……兄貴、姉ちゃんのことになると急に責任感が異様に強くなるよなあ。元々生真面目ではあったけど、そこまで背負い込む性格じゃなかったろ？　あの姉ちゃんとなんかあったの？」

「なんかとは」

「なんかってのはなんかだよ。記憶が飛んだってのは知ってるけど、ほんとに何も覚えてないわけ？」

「それは……」

問い詰めるようなトボシの口ぶりに七郎は何かを言いかけたが、すぐに口をつぐんでしまった。答えるつもりはないということらしい。さいですか、と肩をすくめるトボシ。

そうして、徐々に明るくなっていく空の下、無言の時間がどれくらい続いた頃だろうか。

ふと響いた草を踏む音に、二人ははっと視線を向けた。

枝葉の隙間を縫うように差し込む朝日の中、一つの小柄な影が、まっすぐこちらに向かってくる。長い髪を魚の骨のような形に結って下ろし、緑の着物に分厚い草鞋《わらじ》。片手には火の消えた提灯を提げている。その姿を見るなり七郎は熱も痛みも忘れ、待ち焦がれた相手の名前を叫んでいた。

「伊緒殿……！　よくご無事で！」

「姉ちゃん、遅いっつうの！　で、首尾は？　よその隠れ里には行けたのかい？　兄貴を治す方法は」

「……大丈夫、トボシ君。ちゃんと薬を貰《もら》ってきたから」

妙に淡々と応じた伊緒は、着物の懐から小さな紙包みを取り出してみせた。「薬？」と問い返すトボシに伊緒がうなずく。

「お湯で飲んだ方がいいらしいから、宿に戻らないと。渡り人さんは？」

「朝が来たらどっか行っちゃったよ。姉ちゃんにもよろしく言っといてくれって……。つうか姉ちゃん、なんか雰囲気違くない？　兄貴もそう思うよな」

「え？　え、ええ……それは……」

おずおずとトボシに同意し、七郎は改めて伊緒の無感情な――あるいは何かを抑え込んでいるような――顔を見た。

自分の知っている伊緒はもっと怖がりで大げさで、感情表現が豊かな女性だったはずだ。この一夜の間に伊緒に一体何があった？　七郎は訝しんだが、伊緒は何も説明しようとしないまま七郎の入った手桶を持ち、トボシに「行きましょう」と告げて歩き出した。

＊＊＊

十二座敷《ざしき》の囲炉裏で湯を沸かし、伊緒が持ち帰った薬を飲ませると、七郎の体はあっという間に完治した。

縮んでしまっていた体が本来の大蛇のサイズに戻り、次いで見慣れた青年の姿へと変わる。薬はあくまで狼《おおかみ》の呪いを除くものであったようで、失われた目こそ戻っていなかったが、肌艶も顔色も元よりもいいくらいだ。ほっと胸を撫《な》で下《お》ろした伊緒が眼帯を付け、白い髪を結んでやると、七郎の様相はすっかり元通りとなった。それを見たトボシは安堵《あんど》の溜息《ためいき》を落とし、思い出したように大きなあくびをした。

「ふわああ……。あー、安心したら眠くなってきた。一件落着したわけだし、おいら部屋で寝てくるね……」

兄貴も姉ちゃんもちゃんと休みなよ、と告げ、トボシがふらふらと自分の部屋に戻っていく。その後ろ姿を「お世話になりました」と見送った後、七郎は軽く肩をすくめて座り直し、囲炉裏端に正座したままの伊緒へと向き直った。

「伊緒殿」

「はい」

七郎の静かな呼びかけに伊緒が短く応じる。

自身の頑張りで七郎の体が治ったというのに、伊緒の表情は依然として硬く、そしてどこか悲痛にすら見えた。やはりおかしい。七郎が抑えた声で「一体何があったのです」

「そろそろ教えていただけませんか」と問うと、伊緒はこくりと小さくうなずき、うつむいたまま話し始めた。

「……渡り人さんからもらった蠟燭に導かれて歩いていたら、私はいつの間にか、古い家の中にいたんです」

玄関から入ったのではなく、気が付くと屋内に立っていたのだ……と伊緒は語った。

窓も明かりもないので建物の全容は把握できなかったが、そこは広い日本家屋のようだった。廊下や座敷や階段が迷路のように無秩序に連なっており、誰かが暮らしている気配はなく、いくら歩き回っても誰もいない。放棄された隠れ里なのだろうかとも伊緒は訝ったのだが、不思議なことに、子供がはしゃぐ声や軽い足音が時折聞こえた。

入り組んだ真っ暗な屋敷《やしき》に、どこからともなく響く子供の笑い声。大層不気味だったけれど、うっかり「もう帰りたい」と念じてしまうと元の場所に連れ戻されてしまうし、怯《おび》えている時間もない。

必死に恐怖心を抑え込んだ伊緒は、姿を見せない住人に向かって大声で自分の素性とここに来た目的を告げた。すると、少し間を置いて、「いいよー」と幼い声が返ってきたのだという。

姿を見せない声の主は、自分を「座敷わらし」と名乗り、ここは「迷い家《が》」なのだと教えてくれた。

座敷わらしは、住み着いた家を裕福にするが決して人前には姿を見せないという一種の福の神のような妖怪で、迷い家は山中に存在するという無人の屋敷型の妖怪だ。そこには人の気配はなく、そこから持ち帰った品物は幸福を与えてくれると伝わっている。

建造物型の妖怪であり、それ自身が隠れ里でもある迷い家に、座敷わらしが住み着いているということらしい、と伊緒は理解した。座敷わらしも迷い家も、どちらも岩手《いわて》などで語られる伝承で、かつ、いずれも人を害さず、むしろ必要なものを与えてくれる存在だ。

ひとまず安心した伊緒が座敷わらしの言葉に従って進むと、ある板の間に辿《たど》り着《つ》いた。

その部屋には小さな引き出しがぎっしり並んだ薬棚があり、座敷わらしは狼の呪詛によく効く薬の在処《ありか》を教え、持っていけと言ってくれた。伊緒は感謝を告げて迷い家から立ち去ろうとしたが、その時、部屋の隅に小さなくぐり戸があるのに気が付いた。

錆《さび》の浮いた錠前が掛けられ、脇には古風な鍵が藁縄《わらなわ》で吊《つ》るしてある。戸や障子はここでいくらでも見たけれど、施錠されているものは初めてだ。一体何を封じているのだろう？　興味を惹《ひ》かれた伊緒がつい見つめると、座敷わらしの「気を付けて」という忠告の声が響いた……。

「座敷わらしは、そこには寒戸《さむと》がいるから、って言ったんです」

「寒戸……？」

「……はい。七郎さんは『寒戸の婆《ばば》』という話をご存じですか？　ある冬の日に行方不明になってしまった少女が、三十年後の吹雪の夜に老婆になって帰ってくるが、すぐにまたどこかに行ってしまう……。座敷わらしや迷い家と同じ地域で採取された、古いお話です。私、不思議なお話だなって、前から思ってはいたんです。子供がお婆《ばあ》さんになるには、三十年は短くない？　って……」

そう言って伊緒はさらに続けた。

座敷わらしが言うには、寒戸というのは窓や扉に宿る妖怪で、時間も距離も飛び越えた二か所を一時的に結び付けてしまうのだそうだ。驚く伊緒に、座敷わらしは、嘘《うそ》だと思うならそこにある鍵を使って開けて覗《のぞ》いてみろ、今ここではないいつかのどこか、戸を開けたものにとって重要な時間と場所に繋《つな》がるはずだと語り、「ただし何を見てしまっても知らないよ?」と言い足した。伊緒は半信半疑で鍵を手に取り、錠前を開けた……。

その報告を聞くなり、七郎は大きく息を呑んでいた。血色が回復したはずの肌がさあっと青ざめ、片方だけの目が伊緒を見据える。

「……一体、何を見たというのです」

「七郎さんの過去です」

「え?」

「くぐり戸の外に見えたのは、大きな川の近くでした。若い男の人が、七匹ほどの岩魚《いわな》を焼いていて……服装や髪型は違いましたけど、あれは間違いなく七郎さんで……独り言もはっきり聞こえたんです。これを全部食ってしまえば罰が当たって八郎潟の八郎様みたいに大蛇になれるはず、そしたら暴れる川を抑えられる――って。それを聞いて、私、分かったんです。七郎さん、我慢できなくて魚を食べて罰が当たったんだ、隠しておきたい恥ずかしい過去だなんて言ってましたけど……あれ、嘘ですよね。あなたは、水害から村を守るため、あえて掟《おきて》を破って罰を受けて大蛇になった……! 違いますか?」

「――そっちか」

目撃した光景を語り終えた伊緒が問いかけるのと、七郎がぼそりとつぶやくのはほぼ同時だった。え、「そっち」? 他にも見られたくない過去があったということ? 伊緒は一瞬戸惑ったが、それを問いただすより先に七郎は首を縦に振っていた。

「……仰《おっしゃ》る通りです。元々身寄りのない身でしたし、村に少しでも恩を返せるならと、八郎様に倣ってみた次第で……。誰かのために、というのを大っぴらに言うのが恥ずかしいので、つい嘘を」

「恥ずかしがることじゃないですよ……！　すごく立派だと思いました……！　私なんかとは全然違うし――それに」

「それに……？」

「――はい。私、あの川を知ってるんです。七郎さん、大蛇になろうって決めた時、目の前の川の名前を呼んでましたよね？『綿良瀬川』って」

「そう言えば言ったかもしれませんが――あっ」

七郎が再び絶句する。それで気付いたんです、と伊緒が――綿良瀬《わたらせ》伊緒が――続ける。

「綿良瀬川《わたらせがわ》は、私の地元の街に流れる川の名前です。川のほとりに小さなお社があったって、祖母に教えてもらいました。その社は、私がまだ小さかった頃、市長だった祖父が誘致した工場を作るために取り壊されたということも……。もしかして、七郎さんが現世での居場所を失ったのって、私の祖父のせいじゃないんですか……？　私を守ってくれるのは、同じ土地の出身だから？　もしそうだとしたら――私……何も知らずに助けてもらってばっかりで……！」

伊緒の悲痛な声が囲炉裏端に響く。深い責任を感じてしまっているのだろう、思いつめた顔でうつむく伊緒を七郎は黙って見返し、ややあって、小さく首を横に振った。

「……分かりません。そのあたりについての記憶は欠けたままです。ですが、もし伊緒殿の言う通りだとしても、それはあなたが責任を感じることではないでしょう」

「でも、私、申し訳なくて――」

「お気になさらず」

食い下がる伊緒にそうとだけ告げ、七郎は立ち上がった。もうこの話は終わったと言いたげな七郎を、伊緒が戸惑って見上げる。

「七郎さん……？」

「ヌシに、治ったことを伝えてきます。伊緒殿は休んでください」

「え」

「……お願いします。夜っぴて歩いていたのですから、心身ともお疲れのはず。せっかく僕が治ったのに、今度は伊緒殿に倒れられては元も子もありません」

いつになく厳しい口調で七郎が言う。なぜ急に話を切り上げたのか、何かを隠しているのではないか。そんな懸念はぬぐえなかったが、せっかく回復した相手を問い詰めて困らせるのは伊緒の本意ではないし、自分が疲れているのも確かだ。

伊緒はおとなしく「分かりました」とうなずいて立ちあがり、ふと、着物の右袖の中に何かが入っていることに気が付いた。

何だろうと取り出してみると、袂《たもと》に収まっていたのは五センチほどの古びた鍵であった。

「こんなものがどうしてここに」と首を傾《かし》げる伊緒に、七郎が歩み寄って鍵を見る。

「見たことのない鍵ですね……」

「ですよね――って、あっ！」

「ど、どうされました？」

「私、これ知ってます……！　迷い家の一番奥で見た、寒戸の鍵です、これ……！　置いてきたはずなのに持って帰ってきちゃった……？　どうして……と言うか、どうしましょう？　返さないとまずいですよね？」

「え、ええ、おそらく……。しかし返すと言っても」

「蠟燭《ろうそく》は使い切っちゃいましたし……どうしよう……どうしましょう？」

時間と空間を飛び越える戸の鍵を前にしてひどく戸惑う伊緒である。助けを求めて見上げた先の七郎も、返しに行く術《すべ》を全く思いつかないのだろう、無言で眉をひそめるばかりだった。

こぶじいさまは、はじめのうちは、こわくてこわくて、おどうの　すみっこから、だまって　みていました。

ところが、そのおどりの　ちょうしが、だんだんと　おもしろくなって、とても　じっとしていられなくなったので、とうとう、おどうから　とびだして、おにどもの　うしろに　たって、おどりだしました。

おにどもが、

——くるみは　ぱっぱ、ばあくづく、おさなぎ、やぁつの、おっかぁかぁ、ちゃぁるるぅ、すってんがぁ、一ぼこ、二ぼこ、三ぼこ、四ぼこ……

と　うたうと、じいさまが　つづけて、

——おれも　たして、五ぼこっ

こうして　じいさまは、おにどもと　いっしょになって、むちゅうで、よあけまでおどりまわっていました。

（「こぶじいさま」より）

第五話
人の恩返し

「まったく。気持ちよく寝ていたところに押しかけてくるから」

「七郎《しちろう》が死んだのかと思いましたよ」

「鍵を返す必要などありません」

「それはお前のものです、伊緒《いお》」

七郎が無事回復し、伊緒が寒戸の鍵を持って帰ってきてしまったことに気付いて動転してから少し後、ヌシの屋敷《やしき》の大広間。相談を持ち掛けられた同じ顔の四人の美少女はきっぱりと明言し、伊緒の隣に控える七郎を見て思い出したように付け足した。

「七郎も無事に快癒したようで、嬉《うれ》しく思います」

「今後も里の護《まも》り部《べ》として励んでくださいませ」

「ありがとうございます。ヌシの皆様にはご心配をおかけしました。……それで、この鍵が伊緒殿のものというのはどういうことでしょう……？」

「私、貰《もら》った覚えもないですし、これは迷い家のものだと思うんですけど……」

「迷い家は来訪者が欲するものを与えるのです。そんなことも知らないのですか」

「え？　それは存じていますけど……だから私は七郎さんの薬を貰えたんですよね？」

「違います」

「えっ？」

「お前の話を聞くに、薬はあくまで座敷《ざしき》わらしからの個人的な贈り物でありましょう」

「あれはそういう、他者を寿《ことほ》ぐ性質の妖怪でありますから」

「そして隠れ里――迷い家からの授かり物は、それとはまた別なのです」

「あ、なるほど！　お得ですね……！　いや、でも私、鍵を欲したつもりは全然ないんですが……。そもそも、この鍵だけ貰ったところで使い道もありませんし」

「……はあ。お前は、本当に、全く、何も分かっていないようですね」

困惑する伊緒の声を呆《あき》れかえったヌシの一人が遮った。その隣のヌシが後を受ける。

「寒戸はそもそも実体を持たず、門戸や窓に宿る怪異」

「そしてその鍵は寒戸を呼び出し、一時的に宿らせるためのもの」

「それで触れた扉は短い間だけ寒戸になるのです。望んだところへ繋《つな》がる扉に……」

「の……望んだところ……？」

「いかにも」

「伊緒。お前は元いた世界に帰る術をずっと探し求めていたのでありましょう？」

「迷い家はその願いを察し、来訪者たるお前にそれを送ったのです」

「故に、それは他でもないお前のもの」

首を傾げたままの伊緒を前に、ヌシが再び明言する。なるほど、そういうことなのか。

伊緒はようやく得心し、一瞬間を置いた後、「え！」と大きな声をあげた。

「待ってください……！　じゃあ、この鍵を使えば、私、帰れるんですか？　たとえば、こちらに来てしまった直後の時間にも」

「さすがにそれは無理でありましょう」

「時には流れというものがあります故に」

「過去を覗《のぞ》くことはできても、過ぎた昔に戻ることは難しいもの」

「そして鍵の気配から察するに、使えるのは一度だけ。一度使えば力は抜け、鍵も程なくして消滅することでございましょう。ですが」

「元いた世界に戻れることは間違いありません」

「お前は、帰るためにはこちらに来てしまった理由を探さねばならないと思い込んでいたようですが、もうそんなものを気にする必要すらないということです」

「そ……そうなんだ……」

伊緒は敬語も忘れ、ただの古びた鍵にしか見えない手の中のそれを見つめた。帰る方法を探し続けていたのは確かだが、こんなにあっさり手に入るとは思っていなかったので、嬉しさよりも驚きが完全に勝ってしまっている。呆然《ぼうぜん》として言葉を失う伊緒の隣で、七郎がそれはもう深い溜息《ためいき》を吐いた。

「良かった……！　おめでとうございます。本当におめでとうございます、伊緒殿！」

「え？　あ……ありがとうございます……？　まだ全然実感が湧きませんが……」

戸惑った顔でおずおずうなずき、伊緒は隣に座る七郎を見た。普段は落ち着いている七郎の顔には今や満面の笑みが浮かんでおり、目尻には涙すら浮いている。本当にいい人だな、と伊緒は思い、そして同時に気が付いた。

自分よりよほど喜んでくれている七郎の失われた右目には、眼帯代わりの布が当てられている。そうだ、と伊緒は自分で自分に言い聞かせた。まだやり残したことがある。

「――私、このまま帰ってしまうわけにはいきません」

「……なんですって？」

「だって私、七郎さんにまだ全然恩を返せてないじゃないですか。目も、記憶も……！」

「何を言い出すんですか？　何度も申し上げてきましたが、片目も記憶も僕が望んで失ったもの。伊緒殿が気に病むことではありません。それに伊緒殿は、単身で他の里に出向いて薬を貰ってきてくれた。恩返しとしては充分すぎるくらいです」

「そ……そうですか……？」

「そうです！　それに何より、僕にとっての幸せは、伊緒殿が平穏であることに尽きるのです。あなたには幸せになってほしい。思うように生きてほしい……！　伊緒殿の気遣いは痛いほどに分かります。ですが伊緒殿、僕を思ってくださるなら、どうか元の世界へお戻りください。この通りです……！」

たじろぐ伊緒に向き直って距離を詰め、七郎が熱く言葉を重ねて頭を下げる。至近距離からの真摯でまっすぐな説得に、伊緒が反論できないでいると、そこにヌシの呆れた声が投げかけられた。

「これこれ。人の屋敷で主《あるじ》を差し置いていちゃつくものではありません」

「あ、すみません！　と言うか私たち別にいちゃついてはいない……と思うんですが……。ですよね七郎さん」

「は、はい！　僕は全くそんなつもりでは」

「そうです、私も」

「もうよい。それよりも伊緒、お前は何を欲します？」

顔を赤くした伊緒たちの弁解を切って捨て、ヌシが無造作に問いかける。唐突で意図の分からない質問に、ヌシに向き直った伊緒と七郎は視線を交わして眉をひそめた。

「何を、というのは……？」

「本当に察しの悪い娘ですね、お前は……。隠れ里から帰る時には、古来、土産が付きものでしょう」

「竜宮城の玉手箱や、鼠《ねずみ》浄土の大きなつづらに小さなつづら」

「ここ、うぐいす浄土も然《しか》りです」

「あっ。『鶯《うぐいす》の一文銭』のことですか……？」

伊緒が口にしたのは、うぐいす浄土のバリエーションの一つに出てくる不思議な硬貨の名である。見るなの座敷のタブーをずっと破らずにいると最後にもらえる一枚の硬貨で、一見粗末に見えるそれは「鶯の一文銭」という大変高価な代物であり、値千金の価値を持ち、それを持ち帰った男はたいそう裕福になったという。

「でも私、もう寒戸の鍵を貰いましたし……」

「それはよその隠れ里が勝手に与えたものでしょう。招いた覚えがないとはいえ「隠れ里を訪れて居着いた者が出ていくのに手ぶらで帰すなど」

「うぐいす浄土のヌシとしての沽券《こけん》にかかわります」

「金銭を欲するのであれば鶯の一文銭をお渡しいたしますけれど」

「それ以外の望みでももちろん可能。これは滞在者が去るときのみに行使できる」

「ヌシだけに与えられた万能の力。いわば一種の仕組みなのです」

鍵を持ったままの伊緒を壇上から見下ろしながら、同じ顔の四姉妹が代わる代わる告げていく。伊緒にはぴんと来なかったが、ヌシにはヌシのプライドというものがあるようだ。

なんにせよ、そんな仕組みがあるなら願うことは決まっている。伊緒は正座したまま背筋を伸ばし、「でしたら」と口を開いた。

「七郎さんを治してあげてください」

聞き間違えようもない、はっきりとした願いがヌシの屋敷の大広間に響く。それを聞くと、ヌシたちは「ほう？」と整った眉をひそめてみせた。

「お前自身は何もいらないと……？」

「はい。ここに来た時から今まで、七郎さんはずっと私を守って、支えてくださいました。何も知らない私に里のことを教えて、いつでも気に掛けてくれていて……。そんな人が傷ついたまま、大事なことも思い出せないままなのはやっぱり嫌なんです。だから……。できますか？」

「目を治すことは可能です」

「……えっ？　それって、どういう……」

「勘の鈍い娘ですね」

「記憶を戻すのは無理だと言っているのです」

「えっ？　ど、どうしてです？　だって今、万能の力って――」

「本人に聞いてみればいいのではありませんか？」

訝《いぶか》る伊緒の問いかけにヌシがドライに切り返す。その妙に冷淡な物言いに違和感を覚えながら、伊緒は隣に座る本人、すなわち七郎に目をやり、そしてぎょっと驚いた。

「し、七郎……さん……？」

戸惑う声が自然と漏れる。ついさっきまで伊緒が帰れることを大喜びしてくれていたはずなのに、今やその顔は真っ青で、冷や汗さえ滲《にじ》んでいる。顔を伏せ、膝の上で両の拳を強く握り締めて沈黙する七郎の姿に、伊緒はひどく困惑した。

「七郎さん？　一体――」

「すみません……！」

伊緒の呼びかけとほぼ同時に七郎の謝罪の声が響いた。叫ぶように謝りながら立ち上がった七郎は、伊緒のみならずヌシにも背を向けたまま「失礼します」とだけ告げ、大広間から足早に立ち去ってしまう。何がなんだか分からないまま取り残されてしまった伊緒は、開け放たれた障子を前にぽかんと呆《ほう》け、ややあってヌシたちに向き直った。

「あ、あの……ええと……どういうことです？　七郎さんはどうされたんですか？　ヌシさんたちは何かご存じなんですか……？」

狼狽《ろうばい》した顔ですがるように問いかける伊緒。だがヌシたちはそれに答えようとはせず、ただ互いに顔を見合わせて「元人間はこれだから」と肩をすくめるばかりであった。

＊＊＊

宿屋「十二座敷」の裏手には、洗面や炊事や洗い物に使えるよう、湧き水を利用した水場がある。竹筒から湧き出す水は、石造りの小さな池を満たした後に近くの小川へと流れていき、さらさらと控えめに響き続ける流水の音は夜であっても絶えることはない。そんな水場に面して設置された、いつからあるのか分からない古びた縁台に、七郎は一人腰かけていた。

日は既に沈み、東の山からは半月が顔を出している。西の空がまだ薄明るいとはいえ、灯《あか》りがないとほとんど何も見えない暗がりのなかで、七郎は何をするでもなくうなだれ、ただ水の音だけを聞いている。

ぐっと歯を食いしばり、一つしかない目を細めたその顔には、激しい懊悩《おうのう》と自責の色が浮かんでいた。

こんなところで自分は何をしているんだ。今まで自分は何をしてきたんだ……。

自分自身を責め苛《さいな》む声《せ》はずっと胸中に響いていたが、立ち上がる勇気は出ないままで、その情けなさがいっそう七郎を傷つける。

そうして、どれくらいそこに座っていただろうか。

「……やっぱり、ここだったんですね」

ふと、聞き慣れた声が七郎の耳に届いた。

反射的に振り向いた先に立っていたのは、手燭《てしょく》を掲げた女性であった。長い髪を一束に編み込み、身に着けているのは緑の着物。子供のように小柄だが、れっきとした成人であることは七郎はよく知っている。何を言っていいか分からないまま、七郎はただ目の前の相手の名を呼んでいた。

「伊緒殿……」

「こんばんは。いい夜ですね。あの……お隣、いいですか？」

「あ……。え、ええ……」

少しだけためらった後、七郎がおずおずと首肯すると、伊緒はその左隣、残っている目が見える方に腰かけて、手燭を縁台に置いた。ふふ、と微笑《ほほえ》む声が漏れる。

「まるであの時と逆ですね」

「あの時……？」

「ほら。菊地《きくち》さんが来られて、私が実家のことで辛《つら》くなってしまった時です。七郎さんはここで私の話を聞いてくださったじゃないですか。……あの時は、ありがとうございました。初めてのお酒も美味《おい》しかったです」

そう語る伊緒の口調はあくまで柔和で優しかった。七郎を気遣っていることは明らかで——そして、今の七郎にとってはむしろそれが辛かった。どうしてヌシの屋敷《やしき》から逃げたんだと聞きたくて仕方ないはずなのに。「夜に聞く水の音っていいですよね」と伊緒が水場を見ながら続ける。

「七郎さんが好きだって言ってたの分かります。向こうの世界にいた時は、夜もうるさかったので、こんな風に静かな場所はなかったから……」

「——僕は嘘吐《うそつ》きです」

唐突に七郎は口を開いていた。

もう無理だ、耐えきれないと胸中で叫ぶ声に突き動かされるように声を発した七郎に、伊緒がはっと目を向ける。

不安と戸惑いで胸がいっぱいで、それでいて眼前の相手を気遣うことは絶対にやめないまっすぐな目が七郎を見る。その真摯な視線に鋭い痛みを覚えながら、七郎は同じ文句を繰り返した。

「ごめんなさい。無理だ。もう限界だ。僕は嘘吐きなんです、伊緒殿……！」

「う……嘘吐き……？」

「はい。隠していてすみません。もう……全てお話しします……！」

そう前置きした後、七郎は顔を上げ、水場と、その奥に広がる黒々とした山を見た。

「……まだあちらの世界にいた頃のことです。僕は綿良瀬川《わたらせがわ》のヌシとして、川のほとりの社に祀《まつ》られていました。伊緒殿のご実家の近くです。地元の方がたまに参りに来るだけの小さな社が僕の居場所でした」

「えっ？　はい、それは知っていますけど……。市長だった祖父が誘致した工場を建設するために社が取り壊されて、七郎さんは居場所をなくされたんですよね？」

「――まだ、お話ししていないことがあるんです」

戸惑う伊緒に七郎が答える。伊緒を見ようとしないまま――見られないまま――かつて伊緒の実家の近くで祀られていた川のヌシは言葉を重ねる。

「あの時、伊緒殿のお祖父様《じい》……綿良瀬秀彦《わたらせひでひこ》様は、相当追い詰められておいででした。工場の誘致先に他の候補地が浮上していたんです。なんとしても地元に工場を誘致しないことには、代々首長を務めてきた家柄の者として、支援者や市民への顔が立たない。打てる手は全て打った後でも不安は残り、神頼みでもなんでも、すがれるものには片っ端からすがっていたようで……。時に伊緒殿。蛇や竜に娘を差し出す話をご存じですか？」

「え？　え、ええ……。昔話や民話の有名な類型ですよね。『嫁入り型』の『蛇婿入り』

とか、信州の黒姫伝説とか……」

嫁入り型の蛇婿入りとは、老人がうっかり「田んぼに水を引いてくれた者に娘をやる」と言ってしまったところ、蛇が現れて田に水を引いたので娘を差し出すことになってしまう物語である。

また、黒姫伝説は、大沼池《おおぬまいけ》というう池のヌシであった黒竜が黒姫という美しい姫に恋焦がれ、姫を娶《めと》ろうとする話だ。黒姫の父親は竜の頼みを聞き入れるふりをして竜を騙《だま》して殺そうとしたため、怒り狂った竜は暴風雨を呼び、城下は大洪水に見舞われる。その惨状に心を痛めた黒姫は、約束を破った父を叱咤《しった》した後、自ら竜のもとへ向かう。姫の優しい心を知った竜は、もう二度と人々を苦しめるようなことはしないと誓い、二人——一頭と一人——はとある山へと移り住み、静かに暮らすようになった……。

洪水の多かった地域ならではの伝説であり、この手の話にしては珍しくハッピーエンドなので、伊緒も好きな話だ。そもそも水を司《つかさど》る神である蛇や竜には生贄《いけにえ》の娘が付きものなわけで、事例は他にもいくらでもあるけれど……でも、それがなんなのだろう……？

眉根を寄せる伊緒の隣で七郎は言う。

「秀彦様が工場誘致に腐心されていたのは、二十年前……。ちょうど、伊緒殿が生まれて間もなくの頃でした。本当に切羽詰まっていたのでしょう、あの日、僕の社に来られた秀彦様は……おそらくは古い伝説に倣って、こう誓ってしまわれたのです。もし願いが叶うなら、生まれたばかりの孫娘が大人になったら差し上げます——と」

「え。えっ？　え——ええええっ？」

伊緒は思わず大きな声を出していた。そんな風に自分が出てくるとは——自分が登場させられていたとは——全く予想していなかったのだ。驚いて凝視した先で、七郎が痛ましそうに目を閉じ、首を振る。

「なんてことをと僕は思いました。ですが、思いとどまらせるにしても、あちらの世界での僕には実体がありませんし、僕のような弱い神は、本心から発せられた強い願いを拒否することはできません。代償を伴う契約を持ち掛けられた場合は、特に……！」

「そ、そうなんですか？　だったら、祖父のその……孫を……私をくれてやるっていうお祈り……と言うか、提案は」

「……はい。聞き届けられてしまったんです……！　こんなことなら、他の妖怪や神たちのようにもっと早くどこかに移り住んでいればとも思いましたが、悔やんだところでもう遅く……かくして、僕はありったけの力で運気を操作し、秀彦様の願いを叶えるしかありませんでした。その後は伊緒殿もご存じの通りです。僕は居場所たる社を失い、宿なしになってこの隠れ里へ流れ着いた」

「そんな……」

七郎の語った真相に伊緒は絶句した。願いを叶えるために働いて、その結果として自分の居場所を失ってしまうなんてあんまりだ。心を痛める伊緒の脳裏に、ふと、以前七郎が語った言葉が蘇《よみがえ》る。

――僕の知る限りヌシは約束は守る――守らなければならない存在のはずなのです。それが土地を預かるものの責であり、課せられた定めですから。

妙に実感の籠もったあの語りは、実体験に裏打ちされたものだったのだと伊緒は悟った。隠れ里という世界丸ごとを生成・維持するか、現実世界のとある川とその周辺のみを司るかという違いがあるとはいえ、七郎もある意味でヌシだったのだ。伊緒はそのことにようやく気付き、七郎に同情し、共感し、そして「あっ！」と叫んでいた。

これはもしかしてそういうことなのか、と胸の内で声が響く。無関係だと思っていた幾つもの情報が繫《つな》がっていくのを感じながら、伊緒が体ごと七郎に向き直る。

「ま、待ってください、七郎さん……！　祖父は、私が大人になったら差し上げるって約束をしていたんですよね？　それで、私がここに迷い込んできたのは二十歳の誕生日で……だったら、私が隠れ里に――七郎さんのいるところに来てしまったのって」

「はい。大人になったら僕に捧《ささ》げるという契約が発動したからです。伊緒殿は、僕に引き寄せられたんです。僕への、生贄として……！」

「あ――」

やっぱりそうか。

まさかそんな。

二つの思いが相反し、伊緒の口から意味をなさない呻《うめ》きが漏れた。

そして同時に、伊緒は深く納得してもいた。人が神や妖怪のもとに招かれる条件は、褒美か罰かの二択だと思っていたが、そうじゃない。「生贄として」という選択肢もあったのだ。そこを見落としていたことに今更気付く伊緒の前で、七郎が頭を抱えて唸《うな》る。

「最初は気付きませんでした……。人間が迷い込んでくるなんて珍しいなと思っていたのですが……綿良瀬という名前と年齢を聞いて、僕は全てを理解し――そして、あなたを守ることを決意したのです。伊緒殿がこんなところに来てしまったのは、ひとえに僕がここにいたから。いわば全て僕のせい」

「ち、違います！　それは祖父が勝手に交わした契約のせいであって、七郎さんは悪くないじゃないですか……！　と言うか、どうして最初に言ってくれなかったんですか？　全部話してくださっていたら――」

「言えなかったんです……！　知らないうちに家族に生贄に捧げられていたなどと教えら

れたら、どんな人でも必ず心に傷を負います。特に……こんな言い方をすることを許していただきたいのですが、こちらに来られたばかりの伊緒殿は、ひどく困惑し、怯《おび》えておられ、とても弱く見えましたから……。だから僕は、なるべく傷つけないように、と」

「……あ。な、なるほど……。分かりました、七郎さんが気遣ってくださっていたことは……。でも、なら、記憶を失ったというのは」

「――とっさの嘘《うそ》です」

嘘だ、と、そう七郎は言い切った。

だが、信頼していた相手から、ずっとお前を騙していたのだと告白されたのにもかかわらず、伊緒はショックを受けなかった。むしろ七郎の抱え込んでいたものの重みが分かってしまって辛い。嘘なんです、と七郎が念を押すように言う。

「目玉を失ってもそんなことにはなりません。以前、伊緒殿にも指摘されたように、僕はごまかすのが下手で……それは自分でも自覚していました。だから説明しなくて済むように、とっさに嘘を吐いてしまったんです。あなたを守る理由を追及されないように」

「そう……だったんですね……」

「はい。伊緒殿は僕の嘘を信じて、ずっと気に掛けてくれて……。その優しさが僕にはありがたくて、そして……とても痛かった……！　僕にとって伊緒殿と過ごす時間は楽しくて、ですが、楽しいほどに、そう感じてしまう自分が浅ましく思えました。お前はこんな純粋で優しい人を騙しているんだぞ、と」

「や、やめてください！　もう充分です、分かりましたから自分を責めないで――」

「無理です……！」

伊緒の制止に七郎の悲痛な声が即答する。片方だけ残った青緑色の瞳の目尻に涙を滲《にじ》ませながら、かつては伊緒の実家近くに祀られた川のヌシであり、その前はただの若者であった白蛇の化身は、痛ましく首を振った。後ろで縛った白い長髪が揺れる。

「実を言うと、狼《おおかみ》の呪詛《じゅそ》が効いた時は、これは伊緒殿を騙したことへの罰だと思ったんです。であれば、自分はこのまま終わるべきだ――とも」

「終わるって……治さないで死のうとしたってことですか？　駄目ですよそんなの！　あ、いえ、終わったことに怒っても仕方ないですけど……でも七郎さん、私が七郎さんを治そうとするのは止めませんでしたよね……？」

「……伊緒殿の行いに賛同してみせたのは、上手《うま》くいくはずがないと思っていたからです。隠れ人を見つけて他の隠れ里へ行き、助ける術《すべ》を持ち帰るだなんて、絶対に無理だと思っていました。ですが」

「……無理じゃなかった」

「そうなんです。あなたはやり遂げてしまった……！　たった一人で知らない隠れ里に臨み、見事に薬を持ち帰った……！　驚きました。僕は改めてあなたを尊敬し、同時にこの上なく自分を恥じました。もう全部話してしまいますが、迷い家で過去の風景を見たと伊緒殿が言われた時、僕はひどく動揺したんです」

「……覚えています。私が、七郎さんが大蛇になるところを見たって話したら、七郎さんは『そっちか』って、ぼそりと……」

「聞かれていましたか。そうです。あの時僕は、伊緒殿のお祖父様が孫を捧げると宣言するところを見てしまったのかと思って、それで……くそ、なんて情けない……！」

自責の念がもう抑え込めないのだろう、断続的に涙を流しながら七郎が語る。その姿に痛ましさだけを感じながら――騙すなんてひどいという怒りは全く覚えなかった――伊緒はおずおず問いかけた。

「あ、あの……生贄ということは、私、本来はどうなる予定だったんですか？　やっぱり食べられるんですか……？」

「まさか！　生来の大蛇ならそうなるかもしれませんが、僕はこれでも元は人ですよ。そんな願望はさらさらありません」

「そ、そうなんですね……。良かった……。ちょっと安心しました」

「お祖父様は、ただ捧げるとしか言っていなかったはずなので、おそらく傍らにいてもらえれば契約が満たされた状態にはなるはずです。実際、伊緒殿と同じ建物で暮らしているだけで、僕は自分を保てていたわけですから」

「なるほど――って、え？　す、すみません、ちょっと待ってください」

今さらっと告げられた言葉の中に、聞き逃してはいけない情報があったような。伊緒は待ってくださいとジェスチャーで示し、聞いたばかりの言葉を思い返した。

「私と同じところで暮らしていると自分が保てていたということは……私がいないと保てない、ってことですか……？」

「え？　ええ、まあ……。そうですね。居場所も社も失った僕は、最後に残った契約を縁《よすが》に、存在を繋《つな》ぎとめているわけですから」

「そうなんですか!?　じゃあ……このまま私が元の世界に帰ったら、七郎さんはどうなっちゃうんです？」

「え。それは――」

「……もう嘘は言いませんよね。本当のことを聞かせてください」

口ごもった七郎に伊緒がすかさず畳みかける。まっすぐ見据えられた七郎は、観念したのだろう、はい、とうなずき、口を開いた。

「――居場所や社に加え、最後の縁も失った神は、近いうちに消え去ることになります。里の住人たちのように、次第に希薄化するような過程すら経ずに、あっさりと――」

「そんな……！　そんなの駄目ですよ！　だったら私はここに残り」

「駄目です！　何を言い出すんですか」

「だって、七郎さんが消えるなんて私は嫌だから」

「落ち着いてくださいい伊緒殿！」

「七郎さんこそ落ち着いてください！　簡単に言っていますけど、消え去るってつまり、死んじゃうってことでしょう？　そんなことになるなら私は残るしか」

「駄目です！」

「駄目って、どうして――」

「駄目だと言っているだろうッ！」

押し問答の最中、ふいに七郎が声を荒らげた。

その声量と気迫に思わずびくっと身を引く伊緒。身を縮めて怯える伊緒を冷たく――出来る限り冷たく見えるような顔で――睨《にら》みながら、七郎はゆっくりと立ち上がり、その姿を巨大な白蛇へと変えた。

「ここに残る？　僕のために？」

胴の太さは電柱ほどで、長さはおおよそ五メートル、体を覆う鱗《うろこ》は銀が退色したような乾いた白で、目の下まで裂けた口からは先が割れた赤い舌と尖《とが》った牙が覗《のぞ》いている。宙に浮かぶ巨大な蛇は、沼のような青緑色の隻眼で伊緒を見下ろすと、白く輝く太い尾を水場の屋根へと叩《たた》きつけた。バギン！　と響く破砕音。木製の簡素な屋根が粉々に砕け、勢いあまって振り下ろされた尾の先が水を叩いて飛び散らせる。

「ひっ……！」

伊緒の口から短い悲鳴が漏れた。縁台にへたりこんで震える伊緒の眼前で、荒ぶる大蛇は先が二つに割れた舌を躍らせて「しゃあああ」と吠《ほ》え、叫んだ。

「見ろ！　これが僕の本当の姿！　忌まわしく不気味な蛇の化け物だ！　伊緒殿は……お前は、僕の普段の見てくれに騙されているにすぎない！　こんな怪物のために残るだと？　こんな化物のために、本来あり得た生活もこれからの人生も捨てるつもりか？　正気に戻れ！　この姿を最初に見た時お前は怯え、一目散に山に逃げた！　それが正常な反応だ！　あの時の恐れを思い出せ！　今のお前は一時的な感情に流されているだけだ！」

浮遊する巨体をグネグネとくねらせながら、隻眼の大蛇が絶叫する。口を開き、牙を剝《む》き出《だ》しにして威圧する七郎を前に、伊緒は「確かに」と心の中でつぶやいていた。

確かに、この姿を最初に見た時は、言葉を失う程に怖かった。不気味だとも思った。

でも。

でも今は違う、と伊緒は思った。

この里で暮らす中で七郎に助けられ、その優しさを知り、過去を知り、ずっと抱え込んでいたものまで知った今となっては、怖いとも不気味とも思わない。自分はもう七郎がどういう人なのか——どんな神なのかを、理解してしまっているからだ。

実際、今だって、必死に怖がらせようとしているのは分かるけれど、その訴えている内容はどう聞いても脅迫と言うより説得であり懇願だ。

子供くらいなら丸呑《まるの》みできそうな大きく開いた口と、鼻先に突き付けられた巨大で尖った牙を前に、伊緒はすっと手を伸ばし、その鼻先に触れて言った。

「……もう、いいです」

憐《あわ》れむような抑えた声に、威嚇を続けていた七郎が「シャッ」と奇妙な息を漏らす。黙ってしまった七郎の大きな顔に、伊緒はそっと手を這《は》わせた。大蛇の全身を覆う、硬く冷たく滑らかな鱗を指先と掌《てのひら》で感じながら、伊緒は丸い隻眼に顔を向けた。

「分かりましたから。だから、もう無理をしないでください」

「無理……？」

「はい。そんな風に乱暴な振りをしたって、七郎さんがどういう方なのか私はよく知っていますし……そんな言い方をしなくても、ちゃんと伝わっていますから」

「そうか……。そうですか。まあ……そうでしょうね」

ぷは、と一つ溜息《ためいき》を吐き、七郎は、伊緒の手が添えられた顔は動かさないまま、宙に浮かべていた長い胴体を地面に下ろした。やれやれと苦笑の声が静かに漏れる。

「僕にはやはり迫力が欠けているようですね……。大蛇というのは本来もっと怖いはずなのですが。どうすればいいと思います？」

「そもそも、それを聞いちゃうあたりがまず怖くないんですよね……。でも、私はそういうお人好《ひとよ》しで優しい七郎さんの方が好きですよ」

「……やあ。それは光栄です」

人には照れくさくて言えないことだって、相手が蛇の姿だと案外言えてしまうものらしい。そんなことをふと思う伊緒の前で、七郎は口角を持ち上げて嬉《うれ》しそうに微笑《ほほえ》み、青緑の宝玉のような隻眼を伊緒へと向けた。

「では、改めて申し上げます。どうか元の世界にお帰りください」

「……え」

「以前にもお伝えしたことですが、隠れ里は、居場所を失ったものたちが流れ着く最後の場所。時がゆっくり流れるだけの、何も生まない共同体です。忘れられた妖怪や神ならいざ知らず、伊緒殿のような、可能性も未来もある方が定住するところではありません」

「ですけど、私が帰ったら七郎さんは――」

「はい。僕は消えることになります。ですが僕はそれを恐れてはいません。失った片目を治していただく必要もありません。この隻眼は、僕にとっての嘘《うそ》の罰……。僕はこのまま残された時間を過ごせれば……もう、それでいいのです」

「七郎さん……」

「……それにね、伊緒殿。元は人だった身としては、僕はもう充分すぎるくらい生きました。最後には、楽しく盛りだくさんな時間も過ごさせてもらった。こんなことを言うのも礼を失しているかもしれませんが……僕は、生贄《いけにえ》があなたで良かったと思いました」

「そんな……！　それを言うなら、私の方こそ、七郎さんで良かったって」

「ありがとうございます。そう言っていただけるなら本望です。……とまあ、そんなわけなので、もう思い残すことはないんですよ。本当に」

先ほどの無理な脅迫とは全く異なる、あくまで穏やかで誠実で優しい語りが夜更けの水場に響き、伊緒の胸へと染み入っていく。黙って聞き入る伊緒の前で、隻眼の大蛇はどこか照れくさそうに続ける。

「前に伊緒殿は言われましたよね。ただ食べて寝るだけのお客のままでは申し訳ないし良くもない、と。同感です。伊織殿には、ご自分の居場所や役割を見つけてほしい。ご自分の人生を生きてほしいと思うんです。だから——お願いします」

嘘も飾りもないまっすぐな言葉を発し、七郎は沈黙した。言うべきことは全部言った、という顔である。

ずるい、と伊緒は思った。

七郎には生きていてほしい。それは偽りのない本心だ。

でも、その七郎に、そんな風に言われてしまったら……。

「分かりました、って、言うしかないじゃないですか……！」

かすれたような涙声を漏らし、伊緒は自分が泣いていることに気付いた。慌てて目を擦《こす》る伊緒の前で、七郎は体を軽く揺すって着流し姿の若者へと戻り、その細い指で伊緒の涙をそっと拭った。

「泣き虫同士、お相子ですね」

「ほ、本当、ですね……」

一度泣いてしまうと歯止めが利かないのか、涙が溢《あふ》れて止まらない。それを優しく拭いながら、長身で長髪の青年は穏やかに言う。

「改めてお礼を申し上げます、伊緒殿。あなたのいた日々は本当に楽しかった……。毎日眼帯を付けて髪を結んでもらい、食事や見回りをしながら他愛もない会話を交わし、お酒にも付き合っていただけて……。そういう時間のおかげで、僕は、誰かと言葉を交わすことの嬉しさを思い出せました。ありがとう」

「そんな……。それを言うなら、私もです……！　ありがとうございます……ありがとうございましたっ、本当に……！」

この屋敷で過ごした思い出が伊緒の胸中に堰《せき》を切ったように蘇《よみがえ》り、抑えたと思った涙が再び流れた。泣いている顔は見られたくないが、下を向いてしまうと長身の七郎の顔は見えなくなってしまう。潤んだ瞳で見上げてお礼を告げると、伊緒の顔の目と鼻の先で、七郎は「光栄です」とはにかむように微笑み、片方しかない目から一筋の涙を落とした。

＊＊＊

翌日の昼前、帰り支度を終えた伊緒がヌシへの挨拶を済ませて十二座敷《ざしき》に戻ってくると、玄関先には七郎にトボシ、それにキヌが待っていてくれた。今から元の世界に帰るということで久々に洋服を着ている伊緒を見て、キヌが顔をほころばせる。

「そのお召し物も素敵ですねえ」

「ありがとうございます。キヌさん、わざわざ来てくれたんですね」

「当たり前ですよー。もっと他の方も呼べれば良かったんですが、お昼に出てこられなかったり、そもそも話ができない方ばかりですから……」

いつも通りにおっとり語るキヌに「確かに」と伊緒は応じた。「にしても」と割り込んだのは、上がりかまちに腰を下ろしていたトボシである。

「ヌシに挨拶するだけにしては随分長かったよな。そんな話すことねえだろ？」

「そうでもないよ。最後だからね、お礼とか色々……。それに、里の光景もちゃんと見ておきたかったし」

「そんなもんかね。……ま、達者でな」

「ありがとう。トボシ君も元気でね」

ドライに振る舞うトボシに笑みを返し、伊緒は土間に立っている七郎に向き合った。

改めて見ても背が高い。昨日涙を拭いてもらったことを思い出して顔を赤くする伊緒に、七郎が落ち着きのある声で語りかける。

「本当にお気を付けて……。ご家族に再会されたら何をどう話すか、もう決められましたか？　以前は悩まれていたようですが」

「はい。それと、その……七郎さん、本当にお世話になりました」

「こちらこそ」

手を伸ばせば相手の体に触れられるほど近い距離で、お互いに見つめ合いながら、短い言葉を二人が交わす。まるで相手の顔を目に焼き付けようとしているような、強い親密さと信頼関係をうかがわせるその距離感に、トボシとキヌは顔を見合わせ、おやおやと言いたげに微笑んだ。ややあって七郎が肩をすくめる。

「お名残は尽きませんが……そろそろ」

「はい」

伊緒は改めて一同と、そして十二座敷にも頭を下げた後、ポケットから寒戸の鍵を取り出し、閉じている玄関の板戸に向き直った。

鍵でこつんと叩いてから戸を開けると、そこは見慣れた未舗装の道ではなく、アスファルトの敷かれたどこかの川辺の道路だった。

あちらの世界は今は夜なのだろう、あたりは暗い。川の両岸はコンクリートで固められており、少し先には古びた鉄橋。川向こうには白煙を吐き出す大きな工場がそびえており、その周りには家々や商店が建ち並んで、看板や窓から人工の光を放っている。

日本のどこにでもありそうな、ありふれた地方都市の光景である。だが、伊緒はこれがどこなのかを知っていた。

「綿良瀬川《わたらせがわ》……ですね」

懐かしそうに言ったのは七郎だった。かつて七郎が祀《まつ》られていた、伊緒の実家のすぐ近くを流れる川の名前に、伊緒は「はい」とうなずき、ふうっ、と深く息を吐いて、足を踏み出した。

堂々とした大きな一歩が敷居《しきい》を越える。伊緒はそこで一旦立ち止まり、振り返って最後に小さく会釈した後、板戸を閉めた。

十二座敷の玄関にしばしの沈黙が満ちる。

ほどなくして七郎が板戸を開けてみると、そこに広がっているのは舗装された河辺ではなく、見慣れた隠れ里の光景だった。ふっ、と七郎が微笑んだ。

「無事に行かれたようですね」

「にしても、あっさり帰っちまったなあ」

「寂しくなりますねえ」

トボシの漏らした声にキヌが応じる。そのやりとりに七郎は小さくうなずいて同意を示し、まるで自分に言い聞かせるかのように口を開いた。

「元に戻っただけのこと。すぐに慣れますよ」

＊＊＊

綿良瀬川の堤防沿いに伸びる道を、伊緒は一人で歩いていた。

自分が隠れ里に招かれてから今までの間にどの程度時間が経《た》ったのかはまだ分からないが、伊緒の体感的には数か月ぶりの現代社会である。一歩ごとに靴底から伝わるアスファルトの感触は、懐かしさを通り越してもはや新鮮に近かった。

伊緒の生まれ育ったこの街は、歴史こそあるもののそう大きな都市ではない。特に川沿いのこの一帯は古い住宅街なので夜は比較的静かなのだが、隠れ里に慣れ親しんだ伊緒にとっては、そんな場所でさえ刺激が強く感じられた。

街灯や信号の眩《まばゆ》い光、車のエンジン音やヘッドライト、鉄橋を渡る私鉄の音……。現代の夜というのはこんなにも明るくて騒がしいものだったのか。そう改めて感じ入りながら伊緒は静かに歩を進め、やがて、生垣に囲まれた古い日本家屋の前へと至った。

表札に記された名は「綿良瀬」。

窓からは灯《あか》りが漏れており、母屋の脇のガレージには見覚えのある父親の車が停《と》められ、家の壁には選挙ポスターが貼られている。記憶通りの光景を――久方ぶりの実家を前にして、伊緒の呼吸がはっと止まった。

覚悟していたことではあるが、やっと帰ってこれたという感慨よりも不安の方がはるかに大きかった。心細さが募る中、伊緒は、こんな時、隣に七郎がいてくれれば……と願っている自分に気付き、その願望を振り払うように首を左右に振った。

七郎は確かに頼れる人――神――だったけれど、ここにはいない。だから、ここから先は私が一人でやらないといけない。七郎たちに相談せずに決めてきた計画を進めるためにも、ここで立ち止まっているわけにはいかない。

私は小さい頃から決断力や実行力に欠けていて、だから、なんでも自分で決めて即座に実行できる、そんな主人公たちに憧れていた。物語を読みながら、いつかはああなりたいと願いつつも、どうせ無理だと諦めていた。

でも、それはもう昔の話だ。

決めたんでしょう、綿良瀬伊緒。

自問の声が胸中に響く。その問いかけに、伊緒は無言で、うん、とうなずき、腹をくって表札の下のインターホンに指を伸ばした。

＊＊＊

七郎の言った通り、隠れ里はすぐに元通りの平静を取り戻した。

伊緒が去ってから七日目の午後、七郎は十二座敷の裏手の水場で縁台に腰かけ、流れる水を眺めていた。

眼帯代わりの布は自分で巻いたが、伊緒に結ってもらっていた髪は下ろしたままになっている。伊緒がいなくなって寂しさを覚えたのか、トボシはここのところ恋人であるヌシの屋敷《やしき》に入り浸っているので、この宿屋にいるのは七郎だけだった。

先日、大蛇の恐ろしさを見せつけるために壊してしまった屋根の残骸は、とりあえず壁の前に積んである。伊緒に語ったようにこの世への未練はもうないが、縁《よすが》を失った自分が消えるにはまだ少し掛かるはずだし、それまではここで暮らすことになる。水場にはやはり日陰が欲しいし、いずれ屋根を直さないと……。

と、気の抜けたような頭でそんなことをぼんやり考えていた時だ。玄関の方からおどおどした声が聞こえてきた。

「ご、ごめんください……！」

どうやら誰かが訪ねてきたようだが、声が小さい上、建物を挟んでいるのでよく聞こえない。七郎は「はあーい」と大きな声で答えると、十二座敷の中に入って広間へと回り、土間に降りて戸を開けた。

「お待たせしまし――」

七郎の声がぶつんと断ち切れ、はっ、と息を呑《の》む音が響いた。

戸を開けた姿勢のまま硬直する七郎の前で、十代前半か、せいぜい半ばにしか見えない小柄な――しかし実際は二十歳であると七郎は知っている――洋装の娘は、緊張した顔をおずおずと上げた。

「こ、こんにちは……。道に迷った者……ではなく、こちらに引っ越してきた者ですが」

「い――伊緒殿!? なぜここに？ 帰られたはずでは？ それに、引っ越してきたというのは、どういう……」

「そ、そのままの意味です……。また同じ部屋を貸していただけるとありがたいんですけど、私のいた部屋って、まだ空いていますか……？」

「ええ……」

「良かった……。あっ、あの、これ、七郎さんにお土産です！ ヘアゴムのセットと日本酒です……。こっちはトボシくん用のワインで」

七郎も困惑していたが、伊緒もそれ以上に動揺しているようで、敷居をまたぐのも忘れたまま紙袋をずいっと差し出す。七郎は「はあどうも」ととりあえず答え、ひとまず伊緒を囲炉裏端へと案内した。円座に座った伊緒は、差し出された湯飲みを手にして、しみじみとあたりを見回した。

「変わってないですね……」

「それはそうでしょう。七日しか経っていないんですから……。しかし伊緒殿、一体全体なぜここへ？　ご実家に帰られたはずでは？」

「帰りました。一旦は」

「『一旦は』？」

「はい」

そう言って首肯すると、伊緒はお茶を飲みながら帰宅後の経緯を七郎に話した。

隠れ里を去った伊緒が綿良瀬家に顔を出してみると、伊緒が行方不明になってから既に一年半あまりが経過していた。蒸発したのか、何かの事件に巻き込まれたか、何にせよもう帰ってこないものだろうと家では思われていた。そんなところに伊緒がひょっこり帰還し「実は隠れ里に迷い込んでいた」と話したものだから、綿良瀬家は大混乱に陥ったが、最終的には伊緒の言葉はどうにか信じてもらえたのであった……。

伊緒がそう報告すると、七郎は目を丸くして驚いた。

「よく信じてもらえましたね……！　現代では相当あり得ない話でしょう。それに、伊緒殿のご家族は皆さま現実的なはずなのに」

「そ、それがですね……、私も知らなかったんですけれど、両親は、祖父が亡くなる前に、私を捧《ささ》げる約束のことを聞いていたらしいんです。もちろん、実際に連れていかれてしまうなんて信じていなかったみたいですが、もしかして、とは思っていたみたいで……。説明した後、寒戸の鍵が薄れて消えていくのを見せたら、とりあえず何か不思議なことに巻き込まれたんだということは分かってくれました」

「ははあ、なるほど」

「その後、噂《うわさ》になるから家から絶対出るなとも言われたんですが……私はもう一度隠れ里に行くつもりでしたから、そこで言い合いになってしまって……。結局、納得してくれたのか根負けしたのか分かりませんが、『もういい、好きにしろ』『好きにします！』ということに」

「それはそれは……。何と言うか、僕の知らない間に強くなられていたんですね……」

「え？　そ、そんなことないですよ？　開き直っちゃっただけですし……！　……でも、少しは成長できていたなら、それは七郎さんと隠れ里のおかげだと思います」

ストレートな賞賛を受け、伊緒は顔を赤らめた。それを見た七郎は眩《まぶ》しそうに目を細めたが、すぐに思い出したように真顔に戻る。

「……しかし、どんな方法で再びここへ？　今のお話ですと、まるで最初から戻ってくるつもりだったような……」

「正しい方法を使ったんです」

「正しい方法……？」

「隠れ里から帰る日の朝、ヌシさんのところに挨拶に行ったじゃないですか。あの時に相談して、今度はヌシさんの力で、正式な来訪者として招き入れてもらったんです」

「え。そんなことが可能なのですか？」

「可能だって言っておられました。親孝行とか動物を助けたとか、そういう行動の褒美として招かれる隠れ里は条件が結構厳しいらしいんですけど、うぐいす浄土って、ヌシのちょっとした気まぐれで……言ってしまえば適当に選ばれた人でも入れる隠れ里ですから、招く対象の名前や居場所が分かっていれば呼べるんだそうです。ただ、今回の場合は、寒戸で開いた道の痕跡を使うから、あんまり時間を置くと難しくなるとも言われました」

「な、なるほど……。方法は分かりましたが、しかし、どうしてまたお客に――」

「お客じゃないです」

お前はあの時の自分の説得を聞いていなかったのか。そう言いたげに訝《いぶか》る七郎の言葉を伊緒は遮り、そして上着の内ポケットから梅の木でできた木札を取り出した。七郎の持つ護り部の任命札と同じ様式のものである。

「ここから帰る時、何か一つ欲しいものをもらえる、というお話があったのを覚えていますか？　七郎さんの記憶に話題が移ってしまって、それっきりになっていましたけど……私は帰る前に、あの権利を使って、役割を与えてもらったんです」

「役割――」

伊緒の言葉を繰り返し、七郎は囲炉裏端の床に置かれた木札を見た。

護り部の札なら「護」の一文字が記されている部分には「語」の文字が入っている。それを見ながら伊緒は続けた。

「私は七郎さんみたいに戦ったりはできません。やることは、前から続けていた日記と基本的には同じです。隠れ里やその周りの人たち、神様や妖怪たちのことを知り、それを記録し、そして時には語って聞かせる……。私が授かったのは、『語り部』の役です」

「語り部……？　昔、この里が華やかなりし頃にはそういう役職があったとは聞いていますが……しかしどうしてヌシはそんなことを」

「ずっと木の上にいるあの人が、私の挨拶に反応してくれたこと、覚えていますか？」

「えっ？　え、ええ、覚えてはいますが、しかしそれが一体」

「七郎さん、言われましたよね。神様も妖怪も精霊も、人に忘れられ語られなくなるといずれは薄れて消えてしまう、って。だから、自分だけでなくこの隠れ里もいずれそうなるって……。でも、それって、覚えて語る人がいれば、当分消えないってことですよね？　薄れて消えかけた人たちも戻ってくるかもしれないし、少なくとも、消滅を遅らせることはできるはずだと思いませんか？」

「それは確かに──あ！　もしや、ヌシは、里の衰退と消失を食い止めるために」

伊緒とヌシの思惑を理解したのだろう、七郎がはっと息を呑んで固まる。即座に伊緒が首を縦に振る。

「……そうです。七郎さんに説得されて、帰ろうって決めた夜……七郎さんにも、それにこの里にもやっぱり消えてほしくなくて、部屋で一人で考えて、思いついたんです。私がここに来れば、七郎さんが消えることはまず確実に止められるわけですけど、それだけじゃなくて、里や他の人が消えるのも防げるんじゃないかって。それで恩を返せるんじゃないかって……。ヌシさんに相談したら、『人が滞在することで住人の希薄化や里の衰退が食い止められるのではないかとは、わしも考えておりました』『駄目元でも試してみる価値はある』『お前が手伝うてくれると言うなら呼び戻してやりましょう』って仰《おっしゃ》って」

「あの無気力だったヌシが、そんなことを……？」

「はい。『もうこの世に未練もなし、このまま消えていくものだと思っておりましたが、お前が来てから他者と交わる面白さを少し思い出したところでした』って、楽しそうに……。もし隠れ里の状態が持ち直して安定すれば、あっちの世界との行き来ももっと簡単にできるようになるかも、とも言っておられました。それに、『語り部がいれば、結局隠れ里が消えたとしても、わしとこの里が存在し、消失に抗《あらが》った証拠は残る』って」

「ははあ……。それは……前向きなのか後ろ向きなのか……」

腕を組んだ七郎が苦笑した。その素直なコメントに伊緒は「ほんとですよね」と微笑《ほほえ》んで応じ、きっぱりとした顔で続けた。

「――私、ずっと昔話や民話は好きでしたけど、決してこういう進路を考えていたわけですしゃないんです。当然ですよね。少し前まで、隠れ里の存在すら知らなかったわけじ……。でも、不思議なめぐりあわせで、ここのことを知って、七郎さんとも知り合って、今、こうしてここにいる。……今、私、どうしていいか分からなかった時よりも、すごく気持ちいいんです。だから――このまま自分の居場所を作れるように頑張りたいと思います」

洋装の小柄な娘が胸を張って堂々と語る。それを聞いた七郎は、少しの間沈黙し、なるほど、と柔らかくうなずいた。

「するとつまり伊緒殿は、この里の語り部として、僕や里の者たちの記録を取り、場合によっては語ると」

「そうです。ヌシさんは、この里だけじゃなくて周りの山も制覇したい、いずれは他の里も、とか仰ってましたけど……。ただ、どういう風に記録を取るとかはまだ全然分からなくて……。昔話っぽい文体で書いた方がいいのかな、とか思っているんですけど」

そこで一旦言葉を区切り、伊緒は「……い、以上です」と小さく付け足して七郎の様子を窺った。何もかも初めて聞くことばかりで情報処理が追い付かないのだろう、七郎は正座したままぽかんと呆《ほう》け、少し間を置いてから口を開いた。

「……色々と寝耳に水でした」

「隠していてすみません。言っておくべきかとも思ったんですけど、七郎さんは止めるでしょうし……それに」

「それに？」

「これで、私も隠し事をしていたことになるので、丁度お相子かな、って思って」

「……確かに」

それはもう大きな溜息《ためいき》を落とし、七郎は苦笑しながら首を左右に振った。一本取られました、と軽やかな声が囲炉裏端に響き、片方だけの目がまぶしそうに伊緒を見る。

「それだけのことを考えて、ヌシとも交渉して……。いやはや、少しの間に強くなられましたね……。とっくに強くなっておられたのに、僕が気付いていなかっただけかもしれませんが」

「そ、そんなことないですってば！　私なんかまだまだですし、これからもご迷惑をお掛けするでしょうし……。と言うか、その……いいんですか？」

「いいのか、とは？」

「ですから、私が語り部になったことです。ここにまた住むことも」

「伊緒殿はもう客ではないのでしょう？　自立した一人の人間がご自分で決められたことに、他人である僕が是非を唱えることはできませんよ。ただ——」

穏やかで誠実な口調でそう言うと、七郎はふいに咳《せき》ばらいを挟み、はにかんだような微笑を浮かべ、こう続けた。

「僕としてはとても嬉《うれ》しいです」

その後、七郎が少し外を歩かないかと誘ってくれたので、伊緒は部屋の支度を後回しにして、七郎とともに十二座敷《ざしき》を出た。

伊緒の体感としては、ここを留守にしていたのはせいぜい二日くらいなのだが、それでもやはり感慨は深く、帰ってきたなあという思いが強まる。「トボシやキヌ殿にも教えないと」と七郎は嬉しそうに言い、ふと道端の梅の木を見た。

「梅のつぼみがほころんできているでしょう。ちょうど、伊緒殿が去られた後から膨らみ始めたのです」

「へぇ……。じゃあもうすぐ咲くんですね」

「ええ。うぐいす浄土の本領発揮というわけです。これでようやく、お見せしたかった景色を見せられそうです。草木や花の名前も知っていただきたいですし、そうそう、笛も聞いていただかないと……」

温かな微笑みを湛《たた》えたまま、七郎が静かな道をゆっくりと進む。伊緒はその左隣、七郎の顔が眼帯に隠されていない側に並んで歩いた。

二人の距離は自然と縮まり、やがて伊緒の肩と七郎の腕が触れる。

どちらからともなく二人は相手を見やり、どちらからともなく笑った。

それからというもの、娘は隠れ里の語り部として、里に住まう妖怪や、時折現世から流れ着く妖怪、時として山から訪れるものたちのことなどを、書き記しながら暮らすようになったそうな。

語り部となった娘と大蛇の化身である若者の二人が、いつまでも楽しく暮らした……かどうかは、まだ先のことじゃから誰にも分からぬ。

じゃが、とりあえず今のところ、二人はとても幸せであったそうな。

めでたし、めでたし。

こうして黒竜と黒姫は、山おくにいっしょにすむようになったそうです。
黒姫山とよばれるその山には、いまも黒竜と黒姫が、しあわせにくらしているということです。

（「大沼池の黒竜」より）

あとがき

この作品はフィクションです。作中で引用・言及される昔話や民話、俗信などはいずれも実在の資料を参考にしていますが、ストーリー展開に合わせて意図的に取捨選択を行っている部分もあります。主人公たちの語る昔話の内容が自分の知っているものと違うぞ、と思われる方もいらっしゃるかもしれませんが、ご了承いただければ幸いです。

さて、富士見《ふじみ》L文庫ではお久しぶりになります、峰守《みねもり》ひろかずです。いきなりですが、昔から「誰か（何か）がどこかに行ってしまう」という話が好きでした。主人公なりサブキャラなりが、作中の誰もが知らない場所へと消えていく……という形式は、様々なジャンルで見られる、ある種定番のパターンですが、この手の話を読んだり見たりする度、未知の世界への恐怖と不安、別離の悲しみ、彼（彼女）は幸せになったのだろうかという期待や心配などなどで、心がざわっとしていたことを覚えています。

そして話は変わりますが、現代を舞台にした妖怪ものだと「妖怪は昔は多かったけど今は数が少ないよ」という設定は、これもまたある種の定番のパターンなように思います。実際、私もそういう設定で何作か書いてきたわけですが（色々発売中ですのでよろしくお願いいたします）、なら姿を消した妖怪たちはどこに行ったんだろう、どうしているんだろう、というのは、妖怪ものを見聞きしたり書いたりしながら引っかかっていた部分でした。

そんな、どこかに消えてしまう物語への思い入れと、いなくなってしまった妖怪たちの行く末への関心からできたのが、この「うぐいす浄土逗留《とうりゅう》記」という話です。元々好きだった「昔話」というジャンルへのリスペクト、ノスタルジー、自分探し（今では揶揄《やゆ》される言葉になってしまった感もありますが、価値を失う概念ではないと思います）などの要素も盛り込んでいます。なんと言いますか、今作は「こいつはこういうキャラでして、こういうことが起こるんですよ！」みたいにベラベラ語らない方がいい話だよなあ、という感覚がありまして、なのであとがきでも作品解説は控えめにしているわけですが、それぞれ何かを抱えた不器用な女子学生と白蛇の若者、そんな二人をとりまくものたちの悲喜こもごもの物語、味わっていただければ幸いです。

最後になりますが、この本を作るにあたっても大勢の方にお世話になりました。担当編集者様、打ち合わせや修正作業等、長期間のお付き合いをありがとうございました。表紙イラストを描いてくださった空梅雨《からつゆ》様、伸びやかで少し寂しい、味わい深い絵をありがとうございました。空の広さがとても好きです。そしてここを読んでくださっているあなたにも最大の感謝を。ありがとうございます！

それでは、ご縁があればまたいつか。お相手は峰守ひろかずでした。良き青空を。

主要参考文献

・民話の世界（松谷みよ子著、講談社、２０１４）
・47都道府県・民話百科（花部英雄・小堀光夫編、丸善出版、２０１９）
・日本昔話ハンドブック新版（稲田浩二・稲田和子編、三省堂、２０１０）
・日本怪異妖怪大事典（小松和彦監修、東京堂出版、２０１３）
・民話の思想（佐竹昭広著、中央公論社、１９９０）
・図説日本の昔話（石井正己著、河出書房新社、２００３）
・日本の昔話（柳田国男著、角川学芸出版、２０１３）
・昔話と文学（柳田国男著、角川学芸出版、２０１３）
・一目小僧その他（柳田国男著、角川学芸出版、２０１３）
・山の人生（柳田国男著、角川学芸出版、２０１３）
・神隠し・隠れ里（柳田国男著・大塚英志編、ＫＡＤＯＫＡＷＡ、２０１４）
・古民具の世界（安岡路洋編著、学研プラス、２００１）
・うしかたと山んば（坪田譲治ぶん・村上豊え、ほるぷ出版、１９８６）
・読んであげたいおはなし　松谷みよ子の民話　上（松谷みよ子著、筑摩書房、２００２）

・きつねにょうぼう（長谷川摂子再話・片山健絵、福音館書店、1997）
・こぶじいさま（松居直・赤羽末吉作、福音館書店、1964）
・まんが日本昔ばなし 第五十九話 大沼池の黒竜（二見書房、1977）

この他、多くの書籍・雑誌記事・ウェブサイト等を参考にさせていただきました。

富士見L文庫

うぐいす浄土逗留記《じょうどとうりゅうき》

峰守《みねもり》ひろかず

2020年12月15日　初版発行
2024年1月30日　再版発行

発行者　山下直久
発　行　株式会社 KADOKAWA
〒102-8177　東京都千代田区富士見2-13-3
電話　0570-002-301（ナビダイヤル）

印刷所　株式会社 KADOKAWA
製本所　株式会社 KADOKAWA
装丁者　西村弘美

定価はカバーに表示してあります。

◆◆◆

ISBN 978-4-04-073913-7 C0193